Klarant Verlag

Die gebürtige Ostfriesin ***Sina Jorritsma*** aus der Krummhörn studierte in Hamburg Germanistik und Philosophie, bevor sie wieder in ihre Heimat zurückkehrte. Sie veröffentlicht unter Pseudonym, weil sie ihre Umgebung genau beobachtet und Ereignisse aus ihrem Leben in ihre Geschichten einfließen. Das Romaneschreiben ist ihr kleines Geheimnis, das nur wenige Menschen kennen. Bei einer großen Kanne Ostfriesentee mit Sahne und Kluntjes kann sie halbe Nächte durchschreiben, tagsüber hält sie sich mit Joggen fit. Sina Jorritsma lebt mit ihrer Familie in einem kleinen Ort bei Emden.

Sina Jorritsma

Friesenturm

Ostfrieslandkrimi

Klarant Verlag

Klarant Verlag, www.klarant.de – www.ostfrieslandkrimi.de
ISBN: 978-3-68975-006-0
1. Auflage 2024
Umschlagabbildung: Klarant Verlag

Printed in the EU.

Kapitel 1

Es kam nicht oft vor, dass Kommissarin Mona Sander von der Polizei Borkum am Fähranleger der Insel auf das Eintreffen des Schiffs aus Emden wartete. Dabei hatte die rotblonde Kriminalistin gar nicht vor, die weit vor der Küste liegende Hochseeinsel zu verlassen. Vielmehr wollte sie ihre Freundin Kati abholen, die sich endlich wieder zu einem Besuch des Eilands durchgerungen hatte. Es war schon einige Zeit vergangen, seit die beiden einander persönlich begegnet waren. Mona trug eine Sonnenbrille, denn die Augustsonne stand schon hoch an einem wolkenlosen Himmel, und ihre Strahlen reflektierten glitzernd auf den Wellen der Nordsee. Am Horizont sah man die Containerriesen, Küstenmotorschiffe und Stückgutfrachter vorbeiziehen, die den Hafen von Emden verließen oder ansteuerten.

Die Zivilpolizistin stand nicht allein am Kai, außer ihr waren gut drei Dutzend andere Menschen anwesend. Neben den abreisenden Touristen und Kurgästen mit ihren großen Rollkoffern gab es auch einige andere Personen, die sich als »Empfangskomitee« für Freunde oder Verwandte eingefunden hatten. Sie alle waren sommerlich-leger angezogen, was auch für Mona galt. Sie trug ihre übliche Alltagskleidung: Sneakers, Jeans und ein weites weißes T-Shirt, auf dem ein grellbunter Comic-Pirat abgebildet war. Außerdem hatte sie ihr schulterlanges Haar nicht hochgesteckt oder zu einem Knoten geformt, wie sie es sonst während der Arbeitszeit tat. Ihre Dienstwaffe lag natürlich vorschriftsmäßig eingeschlossen auf der Polizeistation, denn für die Kommissarin war dieser 11. August ein freier Tag – was mitten in der Hauptsaison höchst selten vorkam. Doch ihr Chef, der es mit den Dienstvorschriften sehr genau nahm, hatte ihr ein zu großes Plus an Überstunden attestiert. Und da aktuell kein kriminalistisches Rätsel zu lösen war und die Inselwache außerdem durch Verstärkungskräfte vom Festland aufgestockt wurde, musste sie jetzt einen Freizeitausgleich nehmen. Das war Mona nur recht, denn so konnte sie kostbare Stunden mit ihrer besten Freundin verbringen. Nachdem die Kommissarin sie vor ein paar Monaten in London besucht hatte, wollte Kati nun im Gegenzug einige Tage auf Borkum verbringen.

Während Mona diese Überlegungen durch den Kopf gingen, kam der weiße Rumpf einer großen Autofähre auf offener See in Sicht. Es handelte sich um die *Ostfriesland*, die regelmäßig zwischen

Borkum und Emden pendelte. Mona lächelte voller Vorfreude. Obwohl sie mehrfach pro Woche mit Kati per Videocall Kontakt hielt, ging ihr doch nichts über ein persönliches Treffen. Wer so weit vom Festland entfernt wohnte, wie sie es tat, hatte oft Schwierigkeiten, bestehende Kontakte mit Nicht-Insulanern am Leben zu erhalten. Zum Glück hatte Mona auf Borkum neue Freundschaften geschlossen, seit sie auf der Hochseeinsel arbeitete. Inzwischen konnte sie sich nicht mehr vorstellen, ihr restliches Leben an einem anderen Ort zu verbringen. Daher kam sie privat eher selten zum Fährhafen, denn es zog sie einfach nichts fort von ihrem neuen Heimatort.

Es dauerte nicht lange, bis die Fähre das beliebte Fotomotiv *Fischerbalje* passierte und sich langsam auf die Kaimauer zubewegte. Obwohl die Kommissarin das Anlegemanöver schon unzählige Male beobachtet hatte, fand sie die Präzision und Professionalität der Mannschaft bei dieser kniffligen Aufgabe immer wieder beeindruckend. Hier mussten alle einzelnen Aktionen zusammenpassen – so, wie es auch bei ihrer eigenen Arbeit der Fall war.

Schon bald eilten die ersten Urlauber mit ihrem Gepäck über die Gangway an Land. Die Kommissarin machte einen langen Hals. Sie hatte sich extra ein Stück weit von den anderen Wartenden positioniert, denn sie war nur eins dreiundsechzig groß und wurde leicht übersehen, wenn höher gewachsene Personen vor ihr standen. Ihr Herzschlag beschleunigte sich, während sie ihren Blick über die ankommenden Passagiere schweifen ließ. Dann erblickte sie ihre Freundin. Mona winkte und hüpfte wie ein Gummiball auf und ab. Nun hatte auch Kati sie entdeckt und erwiderte ihren Gruß. Sie sah nach Meinung der Kommissarin sehr attraktiv aus. Die Wahl-Londonerin trug einen weit geschnittenen weißen Hosenanzug aus Leinenstoff und ein bordeauxfarbenes Oberteil. Sobald Kati Borkumer Boden betreten hatte, lagen die beiden Frauen einander jubelnd in den Armen. Das Gefühl der Verbundenheit war immer noch so stark wie zu Beginn ihrer Freundschaft. Doch als sie sich voneinander lösten, spürte Mona sofort, dass etwas nicht in Ordnung war. Kati präsentierte zwar ein breites Lächeln, aber ihr Blick wirkte angespannt, gestresst - beinahe furchtsam. So, als ob sie eine üble Sache vor Mona verbergen wollte.

Du siehst schon Gespenster!, schimpfte die Kriminalistin mit sich selbst. Inzwischen betrachtete sie es als Berufskrankheit, dass sie bei allen Menschen, denen sie begegnete, versteckte Absichten oder Geheimnisse vermutete. In ihrem Beruf hatte sie es oft genug mit Verdächtigen zu tun, die alle mehr oder weniger etwas zu verbergen hatten. Und wenn Kati wirklich etwas auf dem Herzen hatte, würde sie mit ihr bestimmt darüber reden – oder? Dafür waren Freundinnen schließlich da. Mona sagte sich, dass Kati bestimmt einfach von der langen Reise erschöpft war: Mit dem Flieger von London nach Bremen, von dort weiter per Bahn nach Emden und dann die lange Überfahrt mit der Autofähre. Kati hätte lieber den Inselflieger genommen, der Borkum von Emden aus innerhalb weniger Minuten erreichte. Aber die Kommissarin war dagegen gewesen: »Du kannst die Insel erst dann richtig genießen, wenn du langsam ihre Silhouette am Horizont auftauchen siehst. Und so eine Mini-Seereise ist gut für die Nerven.«

Da Mona sehr überzeugend sein konnte, war Kati auf diesem Weg zu ihr gekommen.

»Es erscheint mir, als ob wir uns eine halbe Ewigkeit lang nicht gesehen hätten«, sagte die Kommissarin. »Komm, in dem blauen Waggon da hinten ist noch ein Plätzchen für uns frei!«

Die beiden enterten einen Wagen der Kleinbahn, die den Fähranleger mit dem Ortszentrum der Insel verband. Nachdem alle Passagiere auf den Holzbänken saßen oder auf den Metallplattformen standen, fuhr der Zug ab. Für Mona gehörte die kurze Schienentour zum Ritual, wenn sie von einem ihrer seltenen Festlandausflüge zurückkehrte.

»Ich freue mich sehr auf ein paar ruhige Tage an der Nordsee – vor allem mit dir«, sagte Kati. »Die englischen Seebäder sind doch eher etwas für Leute, die auch Rummelplätze mögen.«

»Das kann man von dir ja nun nicht behaupten«, gab Mona augenzwinkernd zurück. Sie fügte hinzu: »Ehrlich gesagt siehst du etwas angeschlagen aus.«

»Mir geht es gut«, behauptete Kati, wobei sie eine verschlossene Miene aufsetzte. Ihre Körpersprache und ihr Tonfall sagten etwas anderes aus: *Mir geht es mies, aber ich will jetzt nicht darüber sprechen!*

Die Kommissarin beschloss, ihre Freundin für den Moment in Ruhe zu lassen. Falls Kati sich etwas von der Seele reden wollte, würde dafür später noch genügend Gelegenheit sein.

»Habt ihr mal wieder einen aufregenden Kriminalfall gelöst, Mona?«

Ihre Freundin wollte offensichtlich das Thema wechseln. Die Kommissarin antwortete: »Es gab erst vor kurzem eine spektakuläre Geiselnahme und einen Sprengstoffanschlag. Aber darüber darf ich dir nicht mehr erzählen als das, was schon in der Presse stand.«

War es Zufall, dass Kati das Gespräch sofort auf Monas Beruf lenkte? Wollte sie durch die Blume zu verstehen geben, dass sie die Unterstützung einer Polizistin benötigte? Die beiden hatten einander immer viel zu erzählen, es gab für sie zahlreiche Gesprächsthemen. Aber ihre jeweilige Arbeit gehörte eigentlich nicht dazu. Kati wusste, dass die Kommissarin mit ihrem Job - *Public Relations* für ein multinationales Unternehmen - nichts anfangen konnte. Und umgekehrt war der Polizeialltag für Kati ebenfalls nicht interessant. Dies lag allerdings hauptsächlich daran, dass die wirklich spannenden Aspekte von Monas Tätigkeit unter das Dienstgeheimnis fielen. Mona verfolgte diese Überlegung nicht weiter und konzentrierte sich lieber auf ihre Umgebung.

Der Zug fuhr nun durch ein Wäldchen, dessen Bäume und Sträucher wild und krumm durcheinanderwuchsen. Bei Nacht herrschte hier eine mystische und unheimliche Atmosphäre. Manche Erstbesucher waren erstaunt, dass es auf einer ostfriesischen Insel überhaupt diese Art von Vegetation gab. Nach einem Halt am Jakob-van-Dyken-Weg erreichte die Bahn den zweiten und letzten Stopp, nämlich den Inselbahnhof. Hier herrschte meist eine geschäftige Atmosphäre, es gab direkt neben dem Ticketverkauf auch einen Fahrradverleih und ein sehr beliebtes Eiscafé. Mona führte ihre Freundin durch die Bismarckstraße zu ihrem Quartier. Ihnen wehte eine »steife Brise« entgegen, denn die Straße führte direkt auf den Strand und die Nordsee zu. Es war der Kommissarin gelungen, trotz Hauptsaison ein Zimmer im *Hotel Teutonia* für Kati zu buchen. Mona deutete auf den *Pferdestall*, das *Lord Nelson*, die *Black Pearl* sowie die anderen Lokale, an denen sie vorbeischlenderten: »Hier irgendwo – oder auf der Promenade – können wir uns heute Abend ein paar Cocktails auf die Lampe gießen.«

»Ich bin dabei«, versicherte Kati, wobei sie sich unauffällig umzudrehen versuchte. Dies entging einer aufmerksamen Beobachterin wie der Kriminalistin natürlich nicht. Ob ihre Freundin sich verfolgt fühlte? Die Kommissarin beschloss, diesen Verdacht vorerst für sich zu behalten. Kati hatte deutlich gemacht, dass sie ihre Sorgen für den Moment verschweigen wollte.

Die beiden betraten wenig später das *Hotel Teutonia*, das in seiner ursprünglichen Form zur Kaiserzeit in der damals typischen Seebäder-Architektur errichtet worden war. Der Besitzer Dirk Cordsen stand gerade an der Rezeption. Er zuckte zusammen, als er Mona erkannte. Er und die Kommissarin hatten schon mehrfach beruflich miteinander zu tun gehabt, vor kurzem war er sogar selbst in Verdacht geraten. In seinem taubengrauen Nadelstreifenanzug sah er aus wie ein Lehrer in einer albernen Teenagerkomödie. Mit einem süßsauren Lächeln näherte er sich den Frauen: »Moin, Mona! Hast du eine neue Kollegin? Und noch dazu eine so attraktive – vielleicht vom Landeskriminalamt?«

Cordsen fuhr sich mit der Hand durch seine blonden Naturlocken. Er wollte sich offenbar als den großen Durchblicker in Szene setzen. Oder befand er sich im Flirtmodus? Aber vielleicht wollte er mit seinem lockeren Spruch einfach nur seine Unsicherheit überspielen. Die Kommissarin erwiderte trocken: »Das ist meine Freundin Kati Rolfs. Ich habe für sie ein Zimmer gebucht, allerdings rein privat. Und wenn sie Polizistin wäre, würde sie bei der *Metropolitan Police* arbeiten. Sie wohnt nämlich in London.«

»Miss Rolfs? *My pleasure*!«, versicherte der Hotelier, der berufsbedingt natürlich fließend Englisch sprach.

»Sehr aufmerksam von Ihnen, aber ich bin eine deutsche PR-Tante, die es berufsbedingt nach Großbritannien verschlagen hat«, sagte Monas Freundin mit einem geschäftsmäßigen Lächeln auf den Lippen.

»Also, für eine *Tante* sind Sie aber noch sehr jugendlich!«, scherzte Cordsen. Dann fügte er beflissen hinzu: »Ich sorge dafür, dass Sie gleich Ihr Zimmer beziehen können!«

Mit diesen Worten flitzte er hinter die Rezeptionstheke.

»Ist der immer so aufgedreht?«, raunte Kati Mona zu.

»Heute hielt Dirk sich eher zurück, aber es stimmt schon: Er ist nicht das Idealbild des tiefenentspannten Inselfriesen«, erwiderte die Kommissarin leise. Der Hotelier kehrte zu den beiden Frauen zurück, er hielt nun den Meldezettel und den Zimmerschlüssel mit der Nummer 222 in den Händen. Nachdem Kati das Formular ausgefüllt hatte, sagte er: »Nochmals herzlich willkommen auf Borkum! Ihre Freundin ist für Sie gewiss die ideale persönliche Fremdenführerin. Sie kennt sämtliche Licht- und Schattenseiten unserer Insel.«

Mona war nicht sicher, ob sie diese auf sie gemünzte Bemerkung wirklich als ein Kompliment auffassen sollte. Andererseits hatte Cordsen nicht unrecht: Während der vergangenen Jahre war es ihr gemeinsam mit ihrem Kollegen Enno Moll gelungen, einige spektakuläre Mordfälle aufzuklären und dadurch das Eiland ein wenig sicherer zu machen. Kati bedankte sich mit einem geschäftsmäßigen Lächeln. Nachdem der Hotelbesitzer sich wieder anderen Gästen widmete, wandte die Kommissarin sich an ihre Freundin: »Willst du dich nach der langen Reise erst etwas frischmachen?«

Kati schüttelte den Kopf.

»Danke, aber das wird nicht nötig sein. Ich habe mich so darauf gefreut, bei dir zu sein, und will so viel Zeit wie möglich mit dir verbringen. Ich stelle nur kurz mein Gepäck ab, dann können wir die Insel unsicher machen.«

Das war ein Vorhaben nach Monas Geschmack. Sie begleitete Kati zu ihrem Zimmer, das durch die hohen Stuckdecken noch größer wirkte, als es ohnehin war. Der Raum wurde von einem nostalgischen Himmelbett geprägt, und durch die großen Fenster hatte man einen Panoramablick auf Strand und Meer. Kurze Zeit später verließen die beiden das Hotel und schlenderten über die breite Promenade unterhalb der Jann-Berghaus-Straße. Kati zeigte auf den Neuen Leuchtturm: »Hast du mir nicht erzählt, dass man das Bauwerk besteigen darf? Das wollten wir bei meinem letzten Besuch schon tun, sind aber irgendwie davon abgekommen. Lass es uns jetzt machen, bevor wir es wieder vergessen!«

Während sie ihren Wunsch äußerte, warf sie erneut mehr oder weniger unauffällig einen Blick nach hinten. Nun drehte auch Mona sich abrupt um. Sie war darauf geschult, Verfolger zu erkennen. Aber entweder stieg wirklich niemand den beiden Frauen nach oder die Person verhielt sich äußerst professionell. Hinzu kam, dass auf der Promenade zahlreiche Urlauber und Kurgäste unterwegs waren. Viele von ihnen flanierten hin und her, andere ließen auf den Ruhebänken oder in den Außenbereichen der Lokale die Seele baumeln. Die Kommissarin wusste aus eigener Erfahrung, dass Menschenmengen die beste Tarnung für eine Beschattung darstellten. Ihr lag die Frage auf der Zunge, ob jemand hinter ihrer Freundin her war. Aber sie wollte die gelöste Stimmung nicht verderben und beschloss, einfach nur die Augen offen zu halten. Die beiden gingen zum Neuen Leuchtturm hinüber, der sich an der Strandstraße befand – auf halbem Weg zwischen der Nordsee und dem Inselbahnhof. Nachdem sie ihre Tickets gelöst hatten, machten sie sich an den Aufstieg. Mona verfügte als Polizistin und aktive Freizeitsportlerin über eine gut entwickelte Beinmuskulatur, aber Kati geriet schon auf halber Strecke ein wenig außer Atem.

»Hier kommen deine müden Büroknochen mal richtig in Schwung!«, neckte die Kommissarin sie. Kati konnte sich selbst auf die Schippe nehmen. Nach Luft ringend gab sie zurück: »Allmählich begreife ich, aus welchem Grund ich nicht mehr an den Leuchtturmbesuch gedacht habe.«

Mona klopfte ihr lachend auf die Schulter.

»Komm, wir sind gleich auf der Zielgeraden! Der Ausblick wird dich für alle Mühen und Qualen entschädigen.«

Ihre Freundin riss sich zusammen und schaffte es, bis auf die Plattform zu gelangen. Dort hatten sich bereits einige andere Schaulustige eingefunden.

»Du hast nicht zu viel versprochen«, hauchte Kati. Bei dem schönen Sommerwetter waren die Lichtverhältnisse besonders günstig. Man konnte die ganze Insel bis zum Ostland betrachten, sah auch noch ein wenig von der Nachbarinsel Juist. Auf der anderen Seite erblickte man jenseits der blaugrauen Weite des Meeres die Industriebauten und Hafenanlagen an der niederländischen Küste. Zwei Kinder – offenbar Geschwister – spielten lachend und kreischend Fangen. Herunterfallen konnten sie nicht, denn die Aussichtsplattform war mit Maschendraht gegen Unfälle gesichert. Bei den übrigen Anwesenden handelte es sich um Erwachsene. Mona konnte nicht alle gleichzeitig im Blickfeld haben, weil die Turmspitze dies unmöglich machte. Eine mahnende weibliche Stimme ertönte: »Das reicht jetzt, Tina und Lars. Wenn ihr auf der Treppe brav seid, gibt es ein Eis!«

»Und was kriege ich, wenn ich lieb bin?«, raunte Mona lächelnd ihrer Freundin zu. Katis Mundwinkel bewegten sich ebenfalls nach oben. Es kam der Kommissarin so vor, als ob sie etwas erwidern wollte. Doch in diesem Moment stieß jemand ein schrilles Kreischen aus – auf der anderen Seite der Plattform. Die Kommissarin hatte nur ihre Freundin im Blickfeld, die anderen Personen konnte sie zwar hören, aber aktuell nicht sehen.

»Du bleibst hier!«, rief Mona Kati zu und umrundete schnell das Lichtgehäuse, das ihr zuvor die Sicht versperrt hatte. Auf der Südseite des Plateaus lag eine Frau auf dem Boden. Einige andere Personen standen ein paar Meter neben ihr, sie wirkten wie erstarrt. Die Kommissarin zog ihren Dienstausweis hervor, den sie im Gegensatz zu ihrer Pistole auch in ihrer Freizeit bei sich hatte.

»Ich bin von der Polizei Borkum! Was ist hier passiert?«

Die Menschen reagierten mit einer kurzen Verzögerung – so, als ob sie es nicht glauben könnten, dass eine Person mit einem Comic-Piraten-T-Shirt eine Ordnungshüterin war. Mona kniete sich bereits neben die liegende Person und tastete nach ihrer Halsschlagader. Dann antwortete eine ältere Dame: »Das weiß ich nicht. Das junge Ding stand neben mir am Geländer, plötzlich kippte sie um. Vielleicht hat sie ja den Aufstieg nicht vertragen und ihr Kreislauf spielt verrückt.«

Das war eine naheliegende Möglichkeit. Die Kommissarin konnte bei der Frau keinen Puls mehr feststellen. Und als sie sich den Oberkörper genauer anschaute, erblickte sie eine kleine blutende Wunde links ungefähr auf Ellenbogenhöhe. Hier war eindeutig Fremdeinwirkung im Spiel. Jemand hatte die Frau eiskalt niedergestochen.

Kapitel 2

»Sie bleiben alle hier, bis die näheren Umstände geklärt sind!«

Mona war zwar klein, hatte aber eine große Klappe. Und die benötigte sie auch, denn aufgrund des heulenden Windes war der Lautstärkepegel auf der Plattform recht hoch. Es war klar, dass umgehend etwas geschehen musste. Die Kommissarin übernahm jetzt das Kommando. Sie wandte sich an Kati, die ihr inzwischen entgegen der Anordnung gefolgt war: »Du stellst dich bitte vor den Ausgang und hinderst alle Anwesenden daran, die Treppe hinabzusteigen.«

Ihre Freundin wirkte entsetzt. Die Aussicht, schlagartig als »Hilfspolizistin« rekrutiert zu werden, schien ihr gar nicht zu behagen. Ihre Stimme zitterte: »Und wenn sich jemand von mir nicht stoppen lassen will?«

»Dann weist du ihn darauf hin, dass er sich verdächtig macht, indem er sich von einem Tatort entfernt!«

Der Wortwechsel zwischen den beiden Frauen entging den anderen Personen natürlich nicht. Ein älterer Mann mit einem kurzgeschnittenen weißen Bart trat einen Schritt vor und öffnete den Mund: »Was soll das bedeuten, junge Dame? Glauben Sie etwa, dass einer von uns etwas mit diesem Unglück zu tun hat?«

»Ich bin keine junge Dame, sondern Kommissarin Sander!«, fauchte Mona zurück. »Und solange die Umstände nicht geklärt sind, kann ich ein Verbrechen nicht ausschließen. Ein *Unglück* kommt mir jedenfalls höchst unwahrscheinlich vor. Die Frau wird sich wohl nicht selbst ein Loch in den Rücken gebohrt haben!«

Mit diesen Worten zeigte sie auf das helle Oberteil der Toten. Es floss immer noch Blut aus der Wunde, was nicht erstaunlich war. Die Tat konnte sich erst vor wenigen Minuten ereignet haben – unmittelbar bevor das Opfer zu Boden stürzte. Die Kommissarin begann zu kombinieren. Es gab aus ihrer Sicht nur zwei Möglichkeiten: Entweder befand sich der Täter noch unter den Anwesenden oder er war sofort verschwunden, nachdem er zugestochen hatte. Beide Möglichkeiten gefielen Mona überhaupt nicht. Plötzlich wurde ihr so richtig bewusst, dass sie ihre Freundin einer unkalkulierbaren Gefahr ausgesetzt hatte. Wenn der Verbrecher sich nun mit Gewalt Zugang zur Turmtreppe verschaffen wollte, um aus dem Gebäude zu fliehen? Momentan versuchte allerdings niemand, dies zu tun.

Außer Mona und Kati – sowie der toten Unbekannten – befanden sich noch vier weitere Personen auf der Aussichtsplattform: Da waren zunächst der Weißbart und die ältere Frau, die offenbar seine Gattin war. Jedenfalls hatte sie sich zu ihm gesellt, und beide trugen Eheringe. Außerdem gab es noch einen jungen Mann in orangefarbenen Bermudashorts sowie eine Brünette mit roter Baseballmütze. Die Kommissarin schätzte beide auf Ende zwanzig bis Anfang dreißig. Sie schienen nicht zusammenzugehören, zumindest ließ ihre Körpersprache nicht auf Vertrautheit miteinander schließen. Aus Bewegungen und Gesten ließ sich manchmal viel mehr erkennen als aus Worten, die sich nur allzu leicht als Lügen entpuppen konnten. Das Leuchtturmbesucher-Quartett wirkte erschrocken und geschockt, was Mona nachvollziehen konnte. Immerhin war direkt neben ihnen ein Mensch gewaltsam ums Leben gebracht worden. Aber trotzdem musste man damit rechnen, dass einer von ihnen zugestochen hatte. Wer zu einem eiskalten Mord in Gegenwart von mehreren Zeugen fähig war, würde nach Monas Meinung auch überzeugend ein Gefühl wie Abscheu oder Furcht heucheln können. Sie versuchte, die vier Personen nicht aus den Augen zu lassen, während sie zum Smartphone griff und die Dienststelle kontaktierte: »Moin, hier spricht Mona. Ich befinde mich privat auf der Aussichtsplattform vom Neuen Leuchtturm. Hier hat es soeben einen ungeklärten Todesfall gegeben. Ich benötige sofort Verstärkung und einen Arzt, um die Tote zu untersuchen. Der Turm muss bis auf Weiteres geschlossen werden, außerdem sollten umgehend die Personalien von sämtlichen Anwesenden aufgenommen werden. Und ich brauche einen Kollegen, um die Männer zu durchsuchen.«

»Ja, das ist verstanden«, erwiderte die junge Polizeimeisterin Grietje Smit. »Ich schicke dir Hinderk hoch, und wir sperren das Gebäude umgehend.«

Mona hätte gerne vorzugsweise ihren Dienstpartner Enno Moll an ihrer Seite gehabt, aber sie konnte sich denken, aus welchem Grund Grietje lieber den jungen sportlichen Polizisten Hinderk Ekhoff die 308 Stufen bis zur Aussichtsplattform hochjagen wollte. Enno stand nämlich kurz vor der Pensionierung, und aufgrund seines Übergewichts und seines Alters wäre der Aufstieg zur Turmspitze für ihn eine unnötige Belastung gewesen. Grietje gab sich zwar gern schnoddrig, hatte aber das Herz auf dem rechten Fleck. Auch wenn sie dies meist zu verbergen versuchte.

Die Kommissarin beendete das Telefonat und wandte sich an die Zeugen: »Ich kann verstehen, dass Sie alle aufgeregt sind. Ein Kollege von mir ist unterwegs, wir werden gleich Ihre Personalien aufnehmen und Sie durchsuchen. - Ist jemandem etwas an dem Opfer aufgefallen? Hat einer von Ihnen die Tat vielleicht sogar gesehen?«

Während Mona diese Frage stellte, beobachtete sie die Personen genau. Zuvor hatte sie sich durch einen kurzen Blick über die Schulter vergewissert, dass Kati immer noch an der Tür zur Turmtreppe stand. Sie konnte als Täterin ausgeschlossen werden – nicht aufgrund ihrer Freundschaft, sondern weil sie sich nach der Bewältigung des Aufstiegs stets an Monas Seite und in ihrem Blickfeld befunden hatte. Die Ermittlerin hätte es bemerken müssen, wenn Kati zugestochen hätte. Und ihre Freundin würde gewiss nicht so dämlich sein, einen Mord in Gegenwart einer Polizistin zu begehen.

Der Weißbart begehrte auf: »Sie behandeln uns ja wie Schwerverbrecher!«

»Keineswegs, Herr ...«

»Mein Name ist Günter Veerkamp. Und ich habe mir in meinem ganzen Leben noch nichts zuschulden kommen lassen!«

»Das freut mich für Sie«, gab Mona unbeeindruckt zurück, »wenn Sie nichts Verbotenes getan haben, müssen Sie die Polizei auch nicht fürchten. - Und wie sieht es mit einer Beobachtung aus? Ist Ihnen an der Frau etwas aufgefallen?«

Veerkamp schien ein Choleriker zu sein. Er betrachtete die Frage offenbar als persönlichen Angriff: »Was wollen Sie damit andeuten, Frau Sander? Unterstellen Sie mir, dass ich ungeniert hübsche junge Frauen angaffen würde?«

Das hast du *gesagt, nicht ich! Und du wirst schon genauer hingeschaut haben. Andernfalls wüsstest du nicht, dass sie jung war und du sie attraktiv fandest,* dachte die Kommissarin und erwiderte: »Es geht nicht um das Aussehen des Opfers, sondern darum, ob es in Begleitung war oder nicht. Was ist unmittelbar vor der Attacke geschehen? Dies möchte ich jetzt herausfinden.«

Nun öffnete die Frau an Veerkamps Seite den Mund. Sie war wie ihr Ehemann schätzungsweise in den Sechzigern, beide trugen typische Freizeit-Touristenkleidung: Jeans, Sportschuhe und weit geschnittenes Oberteil beziehungsweise Polohemd. Veerkamp warf ihr einen gereizten Blick zu. So, als ob sie ihn um die Erlaubnis zum Sprechen hätte bitten müssen. Aber seine Frau war so aufgeregt, dass sie sich davon nicht beirren ließ: »Ich heiße Marion Veerkamp. - Mein Mann und ich haben Richtung Ostland und aufs offene Meer hinaus geschaut, die Ärmste« - sie zeigte auf die Tote - »stand am Geländer links neben mir. Günter war auf der rechten Seite. Ich merkte plötzlich, dass jemand hinter uns vorbeiging. Ich drehte mich nicht um, denn hier ist ja genug Platz. Aber die Person blieb nicht stehen, sondern war gleich darauf wieder weg. Ich nahm an, dass sie sich ein Stück weiter von uns entfernt ans Geländer stellen wollte.«

»Handelte es sich um einen Mann oder eine Frau?«, wollte Mona wissen, obwohl sie sich keine brauchbare Antwort auf ihre Frage erhoffte. Und sie täuschte sich nicht.

»Das kann ich wirklich nicht sagen«, musste Marion Veerkamp zugeben.

»Dann hättest du genauso gut auch den Mund halten können«, höhnte ihr Mann. Die Reaktion der Kommissarin folgte prompt: »Ihre Frau kann immer noch selbst entscheiden, ob und was sie von sich gibt! - Was ist denn mit Ihnen, Herr Veerkamp – Sie müssten die verdächtige Person doch auch bemerkt haben, schließlich befanden Sie sich direkt daneben.«

»Ich höre nicht mehr so gut«, behauptete er. »Und wegen des Windes ist es hier oben sowieso recht laut. Im Gegensatz zu meiner lieben Marion habe ich niemanden bemerkt.«

War diese Behauptung glaubhaft? Mona machte zur Probe selbst ein paar Schritte auf der Stelle. Es entstand absolut kein Laut, aber sie trug ja auch Sportschuhe mit Kunststoffsohle – daher war dies nicht verwunderlich. Außerdem brachte die Kommissarin nur halb so viele Kilos auf die Waage wie beispielsweise ihr wuchtiger Kollege Enno Moll. Es fiel ihr leicht, sich geräuschlos zu bewegen. Aber sie kannte natürlich das Gefühl, wenn jemand hinter ihr vorbeiging. Sie *spürte* die Person, auch wenn diese keinen einzigen Laut verursachte. Veerkamp schien solche Empfindungen nicht zu haben – oder er war wirklich zu sehr in den Anblick der Insel von oben versunken gewesen. Mona stellte diese Überlegung zurück und wandte sich nun dem anderen männlichen Zeugen zu: »Sie sind …?«

»Sebastian Lampe, Frau Kommissarin. Und auch ich kann leider nicht dabei helfen, Licht ins Dunkel zu bringen – und das trotz meines Namens.«

»Ein Komiker ist so ungefähr die letzte Person, die ich jetzt gerade brauche!«, wütete Mona. Ihr Ausbruch war so heftig, dass Lampe zusammenzuckte.

»Verzeihen Sie«, stammelte er, »ich wollte nicht respektlos sein. Es ist nur so, dass ich jedes Mal albern werde, wenn ich nervös bin. Das ist eine schlechte Angewohnheit, aber irgendwie komme ich nicht dagegen an.«

Die Ermittlerin musterte Lampe genauer. Er war ein schlaksiger Kerl mit Ziegenbart und Augen, die man bei einer Frau mit denen eines Rehs verglichen hätte. Aber wie verhielt sich das bei Männern? Sagte man in dem Fall *Hirschaugen*? Auf jeden Fall wirkte er nicht so, als ob er einen Menschen im Vorbeischlendern niederstechen könnte. Aber den meisten Mördern war nicht anzusehen, was für eine dunkle Seite sie hatten. Von einem harmlosen Aussehen durfte sich die Ermittlerin nicht blenden lassen.

»Haben Sie nun jemanden bemerkt oder nicht?«, bohrte Mona nach.

»Nein, gesehen habe ich niemanden«, lautete die Antwort, »aber es war eine Person auf der Treppe – oder zwei.«

»Geschah das, bevor die Frau zu Boden fiel oder danach?«

»Darauf habe ich nicht geachtet, Frau Kommissarin. Ich bin erst durch den Schrei alarmiert worden.«

»Den habe *ich* ausgestoßen«, meldete sich Marion Veerkamp erneut zu Wort. Ihr Mann warf ihr einen Blick zu, der so viel bedeuten konnte wie: *Du musst aber auch immer deinen Senf dazugeben!* Aber er war aufgrund von Monas vorheriger Ansage clever genug, sich nun seinerseits in Schweigen zu hüllen.

Die Kommissarin fand, dass sie sich für eine Erstbefragung genug mit Lampe befasst hatte. Sie drehte sich zu der jungen Mützenträgerin. Bevor Mona etwas sagen konnte, fing diese von sich aus an zu sprechen: »Mein Name ist Rabea Otte – und ich finde es total furchtbar, dass so etwas Schlimmes hier auf dieser schönen Insel geschehen kann! Ich bin extra nach Borkum gekommen, weil ich Tiere liebe und die Seehunde auf der Sandbank beobachten wollte. Oder die Wandertouren im Naturschutzgebiet sollen ja auch so toll sein, ganz zu schweigen von dem breiten Strand und ...«

Rabea Otte redete ohne Punkt und Komma, wofür es natürlich verschiedene Ursachen geben konnte. Angst, Unsicherheit – das waren naheliegende Motive. Mona hatte die Erfahrung gemacht, dass es bei der Begegnung mit ihr als Polizistin noch einen weiteren Beweggrund für einen solchen Wortschwall geben konnte: Die Person wollte verhindern, dass die Kommissarin eine Frage stellte. Aber diesen Gefallen würde Mona Rabea ganz gewiss nicht tun.

»Haben Sie sich dem Todesopfer genähert?«, wollte sie wissen. Dabei schaute sie der jungen Frau so tief in die Augen, als ob sie sie hypnotisieren wollte. Rabea Otte reagierte nicht sofort, denn nun erschienen Polizeimeister Hinderk Ekhoff und Dr. Siemers auf der Bildfläche. Die beiden musste einander auf der Treppe oder vor dem Turm begegnet sein. Der junge glatzköpfige Mediziner arbeitete in dem kleinen Stadtkrankenhaus der Insel, war aber auch oft als Notarzt unterwegs. Mona nickte ihm zu: »Moin, Herr Doktor. Für die Frau dort vorn kommt leider jede Hilfe zu spät. - Diesmal kenne ich den Todeszeitpunkt schon, wir mussten den Mord nämlich live miterleben.«

Dr. Siemers warf ihr einen ungläubigen Blick zu. Aber er wusste, dass die Kommissarin bei Tötungsdelikten keine Scherze machte. Daher nickte er einfach nur und ging zu den sterblichen Überresten des Opfers hinüber. Hinderk hatte sich zurückgehalten, während Mona mit dem Arzt sprach. Sie wandte sich nun an den jungen Polizisten: »Du nimmst bitte von allen anwesenden Personen die Personalien auf – außer von der blassen Dame im Leinenanzug, die ist mir nämlich persönlich bekannt. Und die beiden Herren müssen durchsucht werden. Die Mordwaffe ist vermutlich ein dünner spitzer Metallgegenstand.«

Dies schlussfolgerte die Kommissarin aus der Wundbeschaffenheit. Während ihr Kollege den grummelnden Veerkamp abzutasten begann und Dr. Siemers sich der Leichenuntersuchung widmete, wandte Mona sich wieder Rabea Otte zu: »Sie haben meine Frage noch nicht beantwortet.«

Die junge Frau spielte nervös mit einem Ring, den sie an der linken Hand trug: »Mir ist diese Frau gar nicht aufgefallen. Ich bin nicht auf den Turm gestiegen, um mir die anderen Besucher anzuschauen. Mir kam es auf diese wundervolle Panoramasicht an ...«

Mona fiel ihr ins Wort, denn die Zeugin setzte offenbar wieder zu einem längeren Monolog an: »Ich habe begriffen, wie gut Ihnen

Borkum gefällt. - Ich möchte Sie jetzt durchsuchen. Haben Sie Waffen oder spitze Gegenstände in den Taschen, an denen ich mich verletzen könnte?«

»Nein, ich ...«

Diesmal ließ Rabea Otte den Satz unvollendet, obwohl sie von der Kommissarin nicht unterbrochen wurde. Mona fiel auf, dass die Frau ihre Arme freiwillig vom Körper abspreizte – so, als ob bei ihr schon öfter eine Leibesvisitation vorgenommen wurde. Oder war dies reiner Zufall? Die Frau mit der Mütze schien jedenfalls Blut und Wasser zu schwitzen, während die Ermittlerin in ihre Taschen fasste. Mona entdeckte weder einen Dolch noch ein Messer oder einen scharf geschliffenen Schraubendreher. Sie fand stattdessen außer einem Smartphone sowie einem Zimmerschlüssel vom *Hotel König von Belgien* auch ein Portemonnaie, was an sich nicht ungewöhnlich war – wenn sie nicht gleich darauf noch eine zweite Geldbörse entdeckt hätte!

»Können Sie mir das erklären, Frau Otte?«

Während sie diese Frage stellte, hielt die Kommissarin in jeder Hand eines der Fundstücke. Die Zeugin war jetzt schlagartig zur Verdächtigen geworden. Rabea Otte drehte den Kopf in Richtung Turmtreppe. Ob sie in diesem Moment an Flucht dachte? Das wäre möglich gewesen, aber dafür hätte sie an Hinderk Ekhoff vorbeikommen müssen. Er war zwar aktuell mit Sebastian Lampe beschäftigt, nachdem er bei Veerkamp seine Pflicht erfüllt hatte – aber er musste nur einen Schritt nach hinten treten, um den Zugang zur Treppe zu versperren. Da Rabea Otte eine Antwort schuldig blieb, öffnete die Kommissarin eines der Portemonnaies. Darin fand sie nicht nur Bargeld und einige Kreditkarten, sondern auch einen Personalausweis – ausgestellt auf Janina Eger. Und bei der Frau auf dem Passfoto handelte es sich eindeutig um die Tote!

Kapitel 3

»Wo ist die Waffe?«, rief Mona, während sich ihr Pulsschlag beschleunigte. Sie hatte Rabea Otte sorgfältig abgetastet, aber keinen Gegenstand entdecken können, der für einen Mord geeignet gewesen wäre. Die übrigen Anwesenden starrten die junge Frau entsetzt an. Und plötzlich fiel der Kommissarin die Lösung ein. Das Mordinstrument musste nicht zwangsläufig am Körper getragen werden, die Verdächtige konnten es auch unter der Mütze versteckt halten. Mona riss mit links Rabea Ottes Kappe herunter, während sie ihre rechte Hand zur Faust ballte. Sie musste damit rechnen, dass die Frau jetzt Widerstand leisten würde. Aber das geschah nicht. Unter der Kopfbedeckung war nichts zu finden, abgesehen natürlich von dem Haupthaar der Kriminellen.

»Ich verhafte Sie unter dem dringenden Verdacht, Janina Eger getötet zu haben. Sie müssen sich zur Tat nicht äußern, können die Aussage verweigern und einen Rechtsanwalt hinzuziehen.«

Während Mona diese Worte aussprach, tastete sie an ihrem Gürtel nach der Stelle, wo normalerweise ihre Handschellen für den Einsatz bereit waren. Aber da sie jetzt eigentlich Freizeit hatte, war dieser Gegenstand natürlich ebenfalls auf der Wache geblieben.

»Hinderk, borgst du mir bitte deine stählerne Acht?«

Ihr Kollege nickte und gab ihr seine Handfesseln. Gleich darauf schlossen sie sich um Rabea Ottes Gelenke. Das Geräusch des einrastenden metallischen Mechanismus schien die Verdächtige aus ihrer Lethargie zu reißen. Sie rang nach Atem und beteuerte: »Ich habe niemanden umgebracht! Es war alles ganz anders!«

»Darüber werden wir uns ausführlich auf der Wache unterhalten. - Hinderk, kannst du die Dame schon mal dorthin mitnehmen und erkennungsdienstlich behandeln? Und ich brauche hier ein Team der Spurensicherung.«

Der junge Polizist nickte und erwiderte: »Ich habe die Personalien der übrigen Anwesenden bereits aufgenommen, außerdem ihre Mobilnummern und Urlaubsadressen notiert.«

»Prima, wir sehen uns dann später«, gab die Kommissarin zurück. Während ihr Kollege zusammen mit Rabea Otte den Treppenabstieg begann, wandte Veerkamp sich wieder Mona zu: »Können wir jetzt endlich gehen? Es ist nicht gerade angenehm, hier in Gegenwart einer Leiche ausharren zu müssen. Sie scheinen die Täterin ja schon gefasst zu haben!«

Schön wär's, dachte die Ermittlerin. Die Geldbörse des Opfers im Besitz der Verdächtigen machte Rabea Otte nicht automatisch zur Mörderin. Mona musste unbedingt die Waffe finden, mit der zugestochen worden war. Hatte die Täterin – oder der Täter – diese unbemerkt verschwinden lassen können? Aber wo? Die Aussichtsplattform bot keine Versteckmöglichkeiten. Außerdem war der Mord in unmittelbarer Nähe von unbeteiligten Personen geschehen. Irgendjemand musste das Tatwerkzeug also haben – oder? Die Kommissarin brannte darauf, mit Enno Moll über den Fall zu sprechen. Der erfahrene Kriminalist wusste stets Rat, wenn sie mit ihrem Latein am Ende zu sein schien. Sie sagte: »Sobald ich Ihre Frau ebenfalls durchsucht habe, können Sie beide den Turm verlassen.«

Veerkamp stellte sich erneut quer. Er schien zu den Menschen zu gehören, die stets das letzte Wort haben müssen.

»Ist das wirklich nötig, Frau Sander? Sie haben doch schon diese Person mit der Mütze verhaftet!«

»Das weiß ich selbst, Herr Veerkamp. Aber ich vermisse den Gegenstand, mit dem die Frau niedergestochen wurde. Er kann ja nicht weggezaubert worden sein. Falls der Täter oder die Täterin sich noch auf der Plattform befindet, muss dieses Werkzeug sich hier befinden.«

Der Weißbart deutete anklagend auf Kati: »Also wollen Sie nur meine Frau abtasten? Und Ihre Freundin muss sich dieser demütigenden Prozedur als Einzige nicht unterziehen? So etwas nennt man wohl Günstlingswirtschaft!«

Kati hob ihre Augenbrauen und bedachte Veerkamp mit einem süffisanten Blick.

»Du kannst mich ebenfalls durchsuchen, Mona. Ich habe nichts zu verbergen«, stellte sie klar. Marion Veerkamp trat vor, ohne dazu aufgefordert worden zu sein. Sie schien es jetzt richtig aufregend zu finden, dass ihr theoretisch die Beteiligung an einem Verbrechen zugetraut wurde. Jedenfalls ließ sie sich von der Kommissarin klaglos »filzen« und wirkte beinahe etwas enttäuscht, als sie sich zusammen mit ihrem Mann entfernen durfte. Zuvor tastete Mona um des lieben Friedens willen – und unter Veerkamps strengem Blick - auch ihre Freundin ab. Erwartungsgemäß hatte Kati keine verdächtigen Gegenstände dabei. Doch da war etwas in ihrem Verhalten, das die Kommissarin stutzig machte. Auf Mona wirkte sie gelöst und erleichtert, beinahe zufrieden – weil die vermeintliche Verbrecherin gefasst worden war? Oder aus einem anderen Grund? Ihre Freundin hatte sich verfolgt gefühlt, dieser Eindruck war gewiss nicht Monas Fantasie entsprungen. Gab es eine Verbindung zwischen Kati und Janina Eger, von der sie nichts wusste? Und – hatte das Opfer sich schon vor ihnen auf der Plattform befunden? Oder war Janina Eger später dazugekommen – weil *sie* es nämlich war, die Kati verfolgt hatte? Die Kommissarin sträubte sich dagegen, ihre beste Freundin als eine Verdächtige zu behandeln. Doch sie war professionell genug, um keine Möglichkeit auszuschließen. Und gerade weil Mona Kati schon so lange und gut kannte, war ihr das Verhalten ihrer Freundin schon seit ihrem Eintreffen auf Borkum ungewöhnlich vorgekommen.

»Frau Sander? Haben Sie mich verstanden?«

Die Ermittlerin war so in Gedanken versunken, dass Dr. Siemers sie offenbar schon zum zweiten Mal ansprechen musste. Sie murmelte: »Entschuldigen Sie, ich habe ehrlich gesagt gerade nicht richtig zugehört.«

Der Mediziner kannte ihre Wesensart und ließ sich davon nicht aus dem Gleichgewicht bringen. Er wiederholte: »Ich sagte gerade, dass die Frau zwischen 15 und 15.30 Uhr verstorben sein muss.«

»Ja, zweifellos. Es war 15.11 Uhr, als sie zu Boden ging. Ich habe auf die Uhr gesehen. Als ich Erste Hilfe leisten wollte, hatte sie schon keinen Puls mehr«, erwiderte Mona.

»Die Todesursache war jedenfalls ein einzelner Stich, wahrscheinlich mit einem scharfkantigen Gegenstand aus Holz oder Metall ausgeführt – und zwar äußerst präzise. Er ging direkt ins Herz, daher hat es keinen Todeskampf gegeben. Der Täter muss gute anatomische Kenntnisse besitzen, vielleicht kommt er aus einem medizinischen Beruf oder es handelt sich um einen Elitesoldaten – oder einen Profikiller.«

Es kam selten vor, dass der Notarzt sich mit einer solchen Prognose weit aus dem Fenster lehnte. Aber die Ermittlerin musste ihm in der Sache recht geben. Messerwunden sahen üblicherweise anders aus. Die Täter wüteten meist ohne Sinn und Verstand. Es waren keine Ausbildung und kein Sachverstand nötig, um blindwütig zuzustechen. Hier hingegen hatte jemand mit chirurgischer Präzision gemordet.

Ein Profikiller auf Borkum? Da würden meinem Chef die Haare ausfallen, wenn er noch welche hätte, dachte die Kommissarin. Sie bedankte sich bei dem Notarzt, der nun einen Totenschein ausstellte und ihr überreichte. Eine Obduktion des Leichnams musste ohnehin im gerichtsmedizinischen Institut Oldenburg durchgeführt werden, dafür gab es auf der Insel nicht die notwendigen Voraussetzungen. Nachdem Dr. Siemers sich verabschiedet hatte, wandte Mona sich an ihre Freundin, wobei sie eine entschuldigende Miene aufsetzte.

»Es tut mir furchtbar leid, aber so hatte ich mir deinen Urlaubsbeginn auf Borkum nicht vorgestellt. Und du hättest dir bestimmt auch nicht träumen lassen, einmal in eine Mordermittlung verwickelt zu werden.«

»Das ist ja nun wirklich nicht deine Schuld«, wiegelte Kati ab, »und ehrlich gesagt finde ich es richtig aufregend, dich einmal bei der Arbeit erleben zu dürfen. Du kannst wirklich sehr energisch sein, wenn es notwendig ist. Aber das habe ich ja eigentlich schon immer gewusst. - Ist diese Frau mit der Baseballkappe denn nun wirklich die Täterin?«

Wollte ihre Freundin mit dieser Frage vortasten, ob sie sich selbst verdächtig gemacht hatte?

»Wir werden nun Ermittlungen einleiten, um genau dies herauszufinden«, antwortete Mona in bestem Amtsdeutsch. Sie befürchtete, dass ihre Freundin etwas vor ihr verbarg – und zwar im Zusammenhang mit Janina Egers Tod. Oder war diese Überlegung völlig unbegründet?

»Du musst jetzt bestimmt arbeiten, freier Tag hin oder her«, vermutete Kati und fügte hinzu: »Ich werde mich verdrücken und die Insel auf eigene Faust unsicher machen. Wenn du wieder Zeit hast, kannst du mich ja anrufen.«

»Das mache ich bestimmt, aufgeschoben ist ja nicht aufgehoben«, gab Mona zurück und umarmte die Freundin zum Abschied. Als Kati die Turmtreppe hinabstieg, bemerkte die Kommissarin Sebastian Lampe. Der junge Mann stand immer noch ein Stück weit neben ihr wie bestellt und nicht abgeholt.

»Was wollen Sie denn noch hier?«, fauchte sie ihn gereizt an.

»Ich wusste nicht, ob ich den Leuchtturm schon verlassen darf«, gab er eingeschüchtert zurück und fuhr fort: »Der Polizist hat bei mir keine Waffe gefunden, aber vielleicht wollen Sie mich ja noch etwas fragen – zum Beispiel, ob ich die … das Opfer gekannt habe.«

»Und … was das der Fall?«, hakte die Kommissarin nach und forderte ihn mit einer Handbewegung zum Weitersprechen auf. Lampe schüttelte den Kopf: »Nein … aber mir ist noch etwas eingefallen. Bevor ich den Leuchtturm besichtigte, fiel mir die Frau auf. Sie kam zusammen mit einem Mann aus dieser Pizzeria schräg gegenüber ...«

»Sie meinen das *Il Faro*.«

Der Zeuge nickte und ergänzte: »Sie war in Begleitung eines Mannes, aber die beiden stritten lautstark und trennten sich voneinander. Dann drehte er sich von ihr weg und ging Richtung Strand. - Aber vielleicht ist er ihr später gefolgt, wer weiß? Ob er den Leuchtturm betreten hat, kann ich nicht sagen. Gesehen habe ich ihn dort jedenfalls nicht.«

»Können Sie die Person beschreiben?«, wollte Mona wissen.

»Der Kerl war ungefähr in meinem Alter und dunkelhaarig. Ich hab ihn nicht so genau gemustert. Vielleicht hat er ja auch gar nichts mit ihrem Tod zu tun ...«

Das wird sich zeigen, dachte die Ermittlerin. Wenn der Mann in dem Lokal mit einer Kreditkarte bezahlt hatte, würde sich sein Name herausfinden lassen.

»Diesem Hinweis werde ich auf jeden Fall nachgehen«, versicherte sie und fügte hinzu: »Es tut mir leid, dass ich Sie so angepflaumt habe.«

»Schon gut. - Ich bin froh, dass mir die Episode mit diesem Mann noch eingefallen ist. Wenn ich nicht zufällig in die Richtung geschaut hätte, wäre mir der Zoff zwischen den beiden entgangen. Sie waren nämlich ziemlich weit von mir entfernt. Deshalb konnte ich nicht hören, worum es ging.«

Mit diesen Worten verschwand Lampe von der Aussichtsplattform. Mona rief einen Bestatter an, der für die Überführung von Leichen aufs Festland zuständig war. Sie beauftragte ihn damit, die Tote zum gerichtsmedizinischen Institut Oldenburg zu schaffen. Er versprach, umgehend zu ihr auf den Turm zu kommen. Während die Kommissarin auf ihn wartete, durchsuchte sie die Taschen des Leichnams. Ein Portemonnaie fand sie aus naheliegenden Gründen nicht. Ob die Frau eine Handtasche bei sich gehabt hatte? Davon ging Mona aus. In dem Fall könnte der Mörder sie mitgenommen oder später weggeworfen haben. Dies wäre dann ein Hinweis darauf, dass die Tatperson sich schon nicht mehr auf der Plattform befand – denn einen solchen Gegenstand konnte man hier noch viel schlechter verstecken als die eigentliche Tatwaffe. In Janina Egers vorderer linker Hosentasche fand die Kommissarin nur ein Papiertaschentuch, außerdem einen Lippenstift. In der rechten Gesäßtasche steckte ein Smartphone. Vor der Durchsuchung hatte Mona sich Latexhandschuhe übergestreift. Zum Glück hatte sie immer ein Paar bei sich. Sie schaltete das Telefon der Toten ein, aber es war natürlich passwortgeschützt. Die Spezialisten im kriminaltechnischen Labor würden es gewiss entsperren können, aber das kostete Zeit. Vielleicht konnte die Ermittlerin ja zeitnah von Verwandten des Opfers den Zugangscode erfahren? Und wo hatte Janina Eger auf Borkum übernachtet? Einen Zimmerschlüssel oder einen anderen Hinweis auf ihre Unterkunft suchte die Kommissarin vergeblich. Es war natürlich denkbar, dass diese Frau gemeinsam mit dem noch unbekannten Mann irgendwo ein Doppelzimmer oder ein Ferienhaus gemietet hatte – und dass er den Schlüssel bei sich trug. Das Klingeln ihres Telefons riss Mona aus ihren Überlegungen. Enno war am Apparat.

»Moin, Hinderk hat gerade eine Verdächtige hereingebracht. Er berichtete mir von einem rätselhaften Todesfall auf dem Neuen Leuchtturm. Bist du noch dort?«

»Ja – und es ist nicht nötig, dass du hier erscheinst«, fügte sie schnell hinzu. »Sobald die Kriminaltechniker und der Bestatter eingetrudelt sind, komme ich zur Dienststelle. Es gibt viel zu besprechen.«

»Und das an deinem freien Tag«, gab der Ostfriese mitfühlend zurück. »Wolltest du nicht mit deiner Freundin Zeit verbringen?«

»Ja, ich berichte dir später ausführlich davon. - Ich muss auflegen, denn ich kriege Besuch.«

Mona hatte nämlich Schritte auf der Treppe gehört. Die Kollegen von der Spurensicherung erschienen und machten sich sofort an die Arbeit, nachdem sie die Ermittlerin begrüßt hatten. Wenig später kamen auch der Bestatter und sein Assistent auf die Aussichtsplattform. Mona konnte nun endlich den Leuchtturm verlassen. Vor dem Eingang stand Polizeimeisterin Aiske Berend und sorgte dafür, dass kein Unbefugter das Gebäude betrat.

»Sobald die Kriminaltechniker und der Bestatter wieder fort sind, kannst du die Sperrung wieder aufheben«, sagte Mona zu der Kollegin. Aiske nickte.

Draußen hatte sich bereits eine kleine Menschentraube gebildet. Die Nachricht von einem dramatischen Ereignis auf dem Turm schien sich bereits wie ein Lauffeuer verbreitet zu haben. Auch eine Lokalreporterin war unter den Schaulustigen. Natürlich wurde Mona von ihr erkannt: »Frau Sander, was ist dort oben geschehen?«

Die Ermittlerin schaffte es immerhin, nicht mit den Augen zu rollen. Sie erwiderte so ruhig wie möglich: »Es hat einen ungeklärten Todesfall gegeben – und zwar vor noch nicht mal einer Stunde! Daher bitte ich um Verständnis dafür, dass die Ermittlungen noch andauern!«

Die Journalistin wusste aus Erfahrung, wie ungehalten die Kommissarin reagieren konnte. Daher verzichtete sie für den Moment darauf, weiter nachzufragen. Mona hatte ohnehin nicht vor, sich auf eine längere Diskussion einzulassen. Sie eilte zur Polizeiwache hinüber, die sich ebenfalls in der Strandstraße befand – nur eben auf der anderen Seite der Kleinbahngleise, jenseits des Inselbahnhofs. Grietje Smit blickte auf, als Mona das Gebäude durch den Haupteingang betrat. Die uniformierte Kollegin sagte: »Ich habe schon gehört, was dir passiert ist – muss ein mulmiges Gefühl sein, wenn die Mörderin praktisch neben dir gestanden hat. Cool, dass du sie gleich schnappen konntest.«

Die Kommissarin runzelte die Stirn.

»Der Fall ist keineswegs so simpel, wie er auf den ersten Blick erscheint. Die Tatumstände sind noch unklar, Grietje.«

Die junge Polizistin zuckte mit den Schultern: »Also betätigst du dich wieder als *Sherlockine Holmes*, um eine kriminalistische Nuss zu knacken? Schau mich nicht so strafend an – du und Enno werdet schon noch rauskriegen, was passiert ist. Die Tussi mit der Baseballkappe hat jedenfalls geheult wie ein Schlosshund, als Hinderk sie erkennungsdienstlich behandeln wollte.«

Ob dieser Gefühlsausbruch der Verdächtigen auf plötzliche Reue schließen ließ? Oder nur auf Selbstmitleid, weil sie erwischt worden war? Es war vielleicht eine gute Idee, sie zunächst ein wenig in der Arrestzelle schmoren zu lassen.

»Wir vernehmen die Dame später, ich muss jetzt erst mal mit meiner ‚besseren Hälfte‘ sprechen«, sagte Mona.

»Lass das nicht Ennos Frau hören!«, rief die freche Kollegin ihr hinterher. Mona musste grinsen. Grietje wusste natürlich, dass die Freundschaft zwischen den beiden Kriminalisten rein platonisch war. Das änderte allerdings nichts daran, dass der Oberkommissar neben ihrem Freund Jan Lummer und ihrer Mutter für Mona der wichtigste Mensch auf der Welt war. Und dann gab es in ihrem Leben auch noch Rufus. Aber der war ja kein Mensch, sondern eine riesige Dogge. Um ihren Kollegen nicht zu erschrecken, klopfte sie kurz an die Tür des gemeinsamen Arbeitszimmers und trat ein. Enno hatte gerade Tee gekocht.

»Du kannst jetzt bestimmt eine gute Tasse vertragen«, vermutete der Ostfriese, während er sie musterte.

»Liest du jetzt wieder meine Gedanken?«, scherzte Mona, während sie sich auf ihren Bürostuhl fallen ließ. Oft erriet ihr Kollege wirklich, was gerade in ihr vorging. Während sie sich an der starken Assam-Mischung selbst bediente, schilderte sie ihm die Ereignisse auf der Aussichtsplattform so genau wie möglich. Von ihrem Verdacht gegen Kati sagte sie allerdings nichts. Die Kommissarin wollte erst Rabea Otte vernehmen und nach dem angeblichen Begleiter des Mordopfers Ausschau halten, bevor sie sich auf ihre Freundin einschoss. Enno hatte die Hände über seinem runden Bauch gefaltet. Er wirkte wie eine Buddha-Statue, während er konzentriert zuhörte. Als sie mit ihrem Bericht fertig war, fragte er: »Also konnte die Mordwaffe bisher nicht gefunden werden?«

»So ist es leider.«

»Wenn ich dich richtig verstanden habe, dann sprechen wir über einen schmalen scharfen Gegenstand?«

»Ja, Enno. Dr. Siemers war auch dieser Meinung.«

»Ich könnte mir eine Möglichkeit vorstellen, wo das Tatwerkzeug geblieben ist.«

»Lass hören!«, bat Mona. Der Oberkommissar sagte: »Wenn ich der Mörder wäre, dann würde ich zustechen und mich gleich darauf entfernen. Jetzt habe ich zwei Optionen: Entweder stecke ich die Waffe ein und verlasse den Turm über die Treppe. Dann mache ich mich aber verdächtig – weil ich abhaue, unmittelbar nachdem die Frau zusammengebrochen ist. Oder ich spiele den Unschuldigen. Dann darf das Mordinstrument nicht bei mir gefunden werden. Aber die Blicke aller Anwesenden sind jetzt wahrscheinlich sowieso auf die Tote oder Sterbende gerichtet. Diesen Moment nutze ich, um die

Waffe zwischen den Maschen des Metallzauns hindurchzustecken. Das dürfte bei einem so schmalen Gegenstand kein Problem sein.«

Kapitel 4

Der erfahrene Kriminalist hatte recht, wie Mona nun bewusst wurde. Der Maschendraht sollte verhindern, dass Menschen versehentlich von der Plattform fielen oder gar heruntersprangen. Aber das Geflecht war grobmaschig genug, dass eine schmale Klinge mit einem ebenso kleinen Griff problemlos hindurchpassen würde. Eine Ahle wäre beispielsweise ein geeignetes Werkzeug gewesen, um den Mord zu begehen. Hinzu kam: Der Sockel des Neuen Leuchtturms war rundherum von einer Rasenfläche umgeben, die ein beliebter Tummelplatz für zahlreiche Kaninchen war, dies allerdings mehr in den frühen Morgenstunden. In dem Gras würde der Gegenstand vielleicht sogar länger unentdeckt bleiben. Oder besaß der Täter so gute Nerven, dass er die Waffe nach dem Verlassen des Turms gesucht und wieder eingesteckt hatte? Sie stürzte ihren Tee herunter und sprang wie von der Tarantel gestochen auf.

»Warum bin ich nicht selbst darauf gekommen? Wir müssen sofort nach diesem Ding Ausschau halten! Wenn wir Glück haben, liegt es noch dort!«

»Ja, einen Versuch ist es wert«, stimmte Enno zu. Die beiden verließen die Wache und eilten zum Ort des Geschehens zurück. Dort hatten sich die Gaffer inzwischen wieder verzogen, wahrscheinlich war es ihnen zu langweilig geworden. Mona ließ ihren Blick schweifen. Die Rasenfläche rund um den Turm war von einer steinernen Einfassung umgeben, an der einige Ruhebänke standen, die zum Verweilen einluden.

»Wie weit kann der Gegenstand wohl geflogen sein?«, dachte die Kommissarin laut nach.

»Es wäre vom Mörder nicht klug gewesen, zum Werfen weit auszuholen«, meinte Enno. »Das hätte nämlich dir oder einem anderen Zeugen garantiert auffallen müssen. Außerdem halte ich es für ziemlich unmöglich, zwischen die Maschen zu treffen beim Werfen. Ich glaube eher, dass der Mörder die Tatwaffe durch eine der Öffnungen geschubst hat und sie ziemlich nah am Turm nach unten gefallen ist.«

Mona überlegte.

»Wir sollten auf Blut achten«, ergänzte sie. »Vielleicht hat der Täter es nicht mehr geschafft, das Werkzeug nach dem Mord abzuwischen.«

Die beiden Ermittler begannen nun damit, die unmittelbare Umgebung des Leuchtturms zu überprüfen. Sie richteten ihre Blicke auf den Boden und umrundeten das Gebäude so langsam wie möglich.

»Ich frage mich, ob der Tatort bewusst gewählt wurde oder der Mörder nur die gute Gelegenheit ausgenutzt hat«, murmelte Mona.

»Es zeugt auf jeden Fall von Abgebrühtheit, in Gegenwart von mehreren Zeugen einen Menschen niederzustechen«, stellte der Oberkommissar fest, »vor allem, weil eine der Anwesenden eine Polizistin ist – was die Tatperson allerdings nicht wissen konnte.«

Es sei denn, es würde sich um Kati handeln – denn sie kennt meinen Beruf, dachte Mona missmutig. Sie ging in Gedanken immer wieder die wenigen Minuten durch, die sie vor der Tat zusammen mit ihrer Freundin auf der Aussichtsplattform verbracht hatte. Konnte sie wirklich sicher sein, dass Kati stets an ihrer Seite gewesen war? Ja – und in dem Moment, als Marion Veerkamps Entsetzensschrei ertönte, hatten Mona und Kati sich miteinander unterhalten. Ihre Freundin konnte den Mord also gar nicht begangen haben, wie die Kommissarin sich vergegenwärtige. Und doch beschlich sie das ungute Gefühl, dass Kati in die Tat verwickelt sein konnte.

»Hier ist etwas«, sagte der Oberkommissar. Er hatte für die Suche nach dem Mordwerkzeug seine Brille aufgesetzt. Nun ging er in die Knie. Genau wie Mona hatte auch er vorsichtshalber Latexhandschuhe übergezogen. Er zog einen Kugelschreiber aus der Brusttasche seines kurzärmligen Freizeithemds und drückte damit einige Grashalme zur Seite. Nun bemerkte auch die Ermittlerin, was ihm aufgefallen war. An einer Stelle war der Rasen mit ein wenig Blut befleckt, das sich vom Grün der Pflanzen deutlich abhob. Die Kommissarin nickte, ihre Stimme klang grimmig: »Es wird sich so abgespielt haben, wie du geschlussfolgert hast. Der Mörder wirft sein Werkzeug weg, nachdem er das Verbrechen begangen hat. Dann wartet er eiskalt, bis die Luft rein ist, und hebt den Gegenstand auf. - So ein Mist!«

»Ja, das wird ihm aber nicht unbedingt etwas nützen«, erwiderte Enno mit seiner üblichen Zuversicht. Er deutete auf das *Istanbul Kebaphaus*, das über einen Außenbereich verfügte und sich unmittelbar gegenüber von ihnen befand.

»Hast du schon wieder Hunger?«, neckte sie ihn, obwohl sie ahnte, worauf er hinauswollte.

»Ja, das auch«, gab er unbeeindruckt zurück, »aber vor allem möchte ich die Gäste befragen, ob sie schon länger dort sitzen. Der Täter kann erst kürzlich sein Tatinstrument aufgesammelt haben, vielleicht wurde er von ihnen gesehen.«

Mona packte noch schnell die Grasnarbe mit den Blutflecken in einen Beweismittelbeutel. Wenn die Spuren mit Janina Egers DNA übereinstimmten, konnte man damit bei einem Strafprozess Ennos Mutmaßungen untermauern. Dann gingen die beiden zu dem beliebten Imbiss hinüber. Enno wandte sich an ein junges Paar. Er zeigte seinen Dienstausweis: »Moin, ich bin Oberkommissar Moll von der Polizei Borkum. Das ist Kommissarin Sander. Dürfen wir Ihnen ein paar Fragen stellen?«

Der weibliche Teil des Pärchens konterte sofort mit Gegenfragen: »Geht es um das Massaker im Leuchtturm? Hat es echt ein halbes Dutzend Tote gegeben?«

Sie hielt ihr Smartphone in der Hand. Mona konnte sehen, dass sie eine Social-Media-App geöffnet hatte, auf der Wichtigtuer Informationshäppchen mit ihrer eigenen blutrünstigen Fantasie anreicherten. Die Ermittlerin unterdrückte ihren Widerwillen gegen Online-Falschmeldungen und erwiderte: »Es hat sich ein Verbrechen ereignet, mehr dürfen wir momentan nicht preisgeben. - Uns interessiert, ob während der vergangenen halben Stunde jemand im Außenbereich des Leuchtturms etwas gesucht zu haben schien.«

Vor den beiden, die sich nun als Alina und Justin Cremer vorstellten, standen zwei leere Teller sowie halb ausgetrunkene Limonadengläser. Je nachdem, wie lange sie auf die Gerichte gewartet und wie schnell sie gegessen hatten, konnten die beiden durchaus dreißig Minuten oder mehr auf der Terrasse des Schnellrestaurants verbracht haben. Und ihre Stühle standen so, dass der Leuchtturm und dessen Umgebung sich in ihrem Blickfeld befanden.

»Ich weiß nicht ...«, murmelte Alina Cremer. Sie fuhr zögernd fort: »Mir ist aufgefallen, dass eine Polizistin zum Leuchtturm kam und niemanden mehr hereingelassen hat. Das sagte jedenfalls eine Frau zu uns, die den Turm besteigen wollte. Also hab ich schnell mal online recherchiert, ob dort oben etwas Schlimmes passiert ist.«

Also hast du die meisten Zeit auf dein Smartphone geglotzt, dachte Mona entmutigt. Aber Justin Cremer sagte: »Ja, ich hab jemanden gesehen. Er ist um den Leuchtturm herumgeschlichen und starrte dabei auf das Gras zu seinen Füßen. Ich nahm an, dass er vielleicht seinen Schlüssel verloren hätte oder so etwas in der Richtung. Das ist mir auch schon passiert.«

»Schildern Sie uns bitte, wie die Person aussah«, bat Enno. Der Zeuge kratzte sich im Nacken, er wirkte nachdenklich: »Es war auf jeden Fall ein Mann mit dunkelbraunen Haaren. Auf seine Klamotten hab ich nicht besonders geachtet, er trug Sommersachen – so wie die meisten Leute.«

»Konnten Sie erkennen, ob er etwas aufgehoben hat?«, hakte die Kommissarin nach.

»Jetzt, wo Sie es sagen … ja, er muss etwas gefunden haben. Jedenfalls bückte er sich einmal und machte sich dann schnell aus dem Staub. Er ging Richtung Inselbahnhof, mehr weiß ich nicht.«

»Was genau er entdeckt hat, war nicht zu sehen?«, fragte der Oberkommissar. Justin Cremer schüttelte den Kopf: »Nee, dafür war die Entfernung zu groß.«

Das Ehepaar schien zu spüren, wie wichtig ihre Informationen für die Ermittlung waren.

»Kriegen wir jetzt eine Belohnung?«, wollte Alina Cremer wissen.

Du ganz bestimmt nicht, dachte Mona. Sie sagte: »Wir möchten Sie bitten, heute oder morgen auf der Polizeiwache zu erscheinen, damit wir Ihre Aussagen schriftlich zu Protokoll nehmen können.« Dann wandte sie sich an den Ehemann: »Würden Sie den Dunkelhaarigen wiedererkennen?«

»Das ist schon möglich, aber versprechen kann ich es nicht«, lautete seine Antwort. Mona gab ihm eine ihrer dienstlichen Visitenkarten, auf der auch die Adresse der Polizeistation stand: »Falls Sie den Mann irgendwo sehen, rufen Sie uns bitte sofort an.«

»Das tun wir auf jeden Fall!«, versicherte Alina Cremer und schnappte sich die Karte. Ihr Mann hatte inzwischen das Essen bezahlt, und die beiden gingen Hand in Hand Richtung Bismarckstraße davon.

»Die Dame hatte ja schon Dollarzeichen in den Augen«, murmelte die Kommissarin, als das Ehepaar außer Hörweite war.

»Wenn Zeugen wirklich etwas gesehen haben, darf man nicht wählerisch sein«, meinte Enno schmunzelnd, »Alina Cremer wird noch früh genug merken, dass sie keine Belohnung erwarten darf. - Da wir schon mal hier sind, könnten wir doch eigentlich auch eine Kleinigkeit essen, oder?«

Wenn die Kommissare zusammen ermittelten, nahmen sie meist auch die Hauptmahlzeit des Tages gemeinsam ein, wobei sie dann auch über ihren jeweils aktuellen Fall sprachen. Es war eine Angewohnheit, die sie beide zu schätzen wussten.

»Hast du etwa noch keine Mittagspause gemacht?«, fragte Mona und schaute demonstrativ auf ihre Armbanduhr. Inzwischen war es nämlich schon nach drei Uhr nachmittags.

»Ein Essen ohne dich ist doch nur die halbe Freude«, versicherte er treuherzig. Sie warf ihm lächelnd eine Kusshand zu, dann gingen die beiden ins Lokal. Enno bestellte einen Döner-Teller, Mona entschied sich für einen gemischten Salat mit Hirtenkäse. Während sie auf ihr Essen warteten, setzten sie sich in den Außenbereich und tranken Apfelschorle. Die Kommissarin betrachtete nachdenklich die vorbeischlendernden Urlauber, die sich zwischen dem Strand und dem Inselbahnhof hin und her bewegten. Ihr gingen unterschiedliche Dinge durch den Kopf, und keiner ihrer Gedanken war wirklich angenehm.

»Magst du mir sagen, wo dich der Schuh drückt?«

Die Frage ihres Kollegen kam für sie nicht überraschend. Sie lächelte ihn an: »Dir kann man nichts vormachen, oder?«

»Nee, nicht wirklich. Dafür kennen wir uns zu gut.«

»Ja, das tun wir - und mit Kati bin ich noch viel länger als mit dir befreundet, Enno! Du weißt, wie sehr ich mich auf ein persönliches Treffen mit ihr gefreut habe. Sie und ich sind stehen seit der Schulzeit miteinander in Kontakt. Und gerade deshalb kommt es mir so vor, als ob sie eine schlimme Sache vor mir verheimlichen wollte. Oder dass jemand hinter ihr her ist – was sie ebenfalls unter den Teppich kehren möchte. Vielleicht trifft sogar beides zu. - Nachdem Janina Eger erstochen wurde, wirkte Kati auf mich irgendwie … erleichtert, vielleicht sogar zufrieden. Anders kann ich das nicht nennen. Inzwischen bin ich hundertprozentig sicher, dass sie den Mord nicht begangen hat. Trotzdem scheint Kati irgendwie darin verwickelt zu sein. Oder ich sehe schon Gespenster! Ich weiß nicht mehr, was ich glauben soll.«

»Für die Reaktion deiner Freundin kann es eine ganz harmlose Erklärung geben«, meinte der Oberkommissar. »Beispielsweise ist ihr ein Stein vom Herzen gefallen, weil ein scheinbar wahllos zuschlagender Mörder nicht sie, sondern eine andere Person getroffen hat – und die Gefahr nun vorbei ist. Das mag moralisch verwerflich sein, macht sie aber nicht zur Komplizin.«

»Du denkst, dass Janina Eger ein Zufallsopfer war? Das bezweifle ich. Der Mann, mit dem sie sich nach dem Verlassen vom *Il Faro* gestritten hatte, könnte derjenige sein, der dann wenig später die Mordwaffe eingesammelt hat. Von Lampes Zeugenaussage hatte ich dir doch erzählt, oder?«

»Ja, das hast du – aber Kati weiß davon nichts«, vermutete der Ostfriese. »Du hast doch mit diesem Lampe erst gesprochen, als deine Freundin den Turm schon verlassen hatte, richtig? Aus ihrer Sicht könnte es Janina Eger aus keinem bestimmten Grund getroffen haben.« Er nahm einen Schluck Apfelschorle und fügte hinzu: »Trotzdem solltest du auf dein Bauchgefühl hören, wie du es sowieso meist tust. Wenn dir an deiner Freundin etwas nicht ganz astrein vorkommt, könntest du sie einfach darauf ansprechen.«

»Daran habe ich auch schon gedacht, Enno. Aber du weißt, dass Einfühlungsvermögen und Fingerspitzengefühl nicht gerade meine stärksten Eigenschaften sind. Ich habe Angst, es mir mit Kati zu verscherzen, wenn ich nicht die richtigen Worte finde. Es gibt schon gute Gründe dafür, dass ich so wenige Freundinnen habe.«

»Meiner Meinung nach kann man es gut mit dir aushalten«, meinte er und blinzelte ihr freundlich zu. Gleich darauf war das Essen fertig, und die beiden widmeten sich zunächst ihren leckeren Gerichten. Nachdem sie aufgegessen und gezahlt hatten, gingen sie zum *Il Faro* hinüber. Die Pizzeria bot ebenfalls einen schönen Blick auf den Leuchtturm. Die Ermittler kannten die Bedienung, weil diese vor kurzem bei einem Gast Falschgeld erkannt und daraufhin die Polizei alarmiert hatte. Seitdem waren die Kommissare mit der Kellnerin namens Ina per Du. Sie lächelte den Zivilbeamten zu, als diese das Lokal betraten. Ina hatte gerade einige Pizzen und Getränke serviert und gesellte sich nun zu den beiden, die in Türnähe auf sie gewartet hatten.

»Hast du einen Moment Zeit für uns?«, fragte Mona.

»Ja, wenn es wirklich nicht allzu lange dauert. Ihr seht ja, wie viel hier los ist«, erwiderte Ina. Tatsächlich »brummte« der Restaurantbetrieb. Sämtliche Tische waren besetzt, die Servierkräfte konnten sich über Beschäftigungsmangel nicht beklagen. Die Kriminalistin besaß ein Foto vom Gesicht der toten Janina Eger, das sie vor dem Verlassen des Turms geschossen hatte. Sie zeigte der

Bedienung die Aufnahme: »War diese Frau heute in Begleitung eines Mannes im *Il Faro* zu Gast?«

Die Kellnerin erschrak sichtlich: »Ja, das ist noch gar nicht lange her! Sie sieht so unnatürlich bleich aus. Ist sie … gestorben?«

Mona erwiderte: »Ja, und aus diesem Grund ermitteln wir. Ist dir an ihnen etwas Ungewöhnliches aufgefallen?«

»Was genau meinst du damit?«, fragte die Bedienung zurück.

»Gab es beispielsweise Streit? Sind sie laut geworden?«

»Nein, sie haben sich ganz manierlich aufgeführt. Allerdings schienen sie es eilig zu haben«, antwortete Ina und fügte hinzu: »Der Mann hat immer wieder auf die Uhr geschaut und durchs Fenster geblickt. So, als ob er noch auf eine weitere Person warten würde. Das war jedenfalls mein Eindruck.«

Mona sagte: »Ich verstehe. - Kannst du uns bitte verraten, welche Zahlungsart die beiden gewählt haben?«

»Der Herr hat die Rechnung übernommen, und zwar mit einer Kreditkarte. - Ich suche euch den Beleg heraus.«

Ina eilte zum Thekenbereich. Die Kommissarin spürte, dass ihr Jagdfieber erwachte und ihr Herz schneller schlug. Auf der Quittung würde der Name des Verdächtigen stehen – und dann wären sie schon einen großen Schritt weiter. Gleich darauf kehrte die Bedienung mit einem Stück Papier zurück. Mona fotografierte es mit ihrem Smartphone ab und bedankte sich überschwänglich. Dann schaute sie sich zusammen mit Enno die Aufnahme genauer an. Der Mann hieß Markus Arnold. Mona wollte sobald wie möglich herausfinden, wie seiner Ferienadresse lautete. Aber es gab noch etwas, das ihr sofort ins Auge fiel: »Sieh dir das an, Enno. Die Kreditkarte wurde von einer britischen Bank ausgegeben – wobei der Name Markus Arnold sich für meine Begriffe ziemlich deutsch anhört!«

»Worauf willst du hinaus?«, fragte ihr Kollege. »Die meisten Leute, die ich kenne, haben ihr Konto oder ihre Kreditkarte bei einer deutschen oder niederländischen Bank. Es ist zwar selten, aber nicht völlig abwegig, dass jemand seine Zahlungen mit einem britischen Kreditinstitut abwickelt.«

»Ja, genau«, gab Mona gallig zurück, »vor allem, wenn die Person ihren Lebensmittelpunkt in London hat – so wie meine liebe Freundin Kati!«

Kapitel 5

Dem Oberkommissar war anzusehen, dass er am liebsten abgewiegelt hätte. Aber auch er konnte nicht leugnen, dass der Bezug zu Großbritannien gleich bei zwei Besuchern des Leuchtturms gegeben war – nämlich Kati Rolfs und Markus Arnold. Hinzu kam, dass englische Touristen auf der Urlaubsinsel Borkum Seltenheitswert hatten. Es gab durchaus Besucher aus Nachbarstaaten, aber meist handelte es sich um Niederländer. Immerhin war die Insel von Eemshaven aus mit der Fähre noch schneller zu erreichen als auf der Emden-Route. Und die meisten Fans des Nordsee-Eilands reisten ohnehin aus den deutschen oder österreichischen Regionen an. Die Kommissare bedankten sich bei Ina und verließen die Pizzeria. Enno klopfte seiner Kollegin beruhigend auf die Schulter: »Jetzt gehen wir erst einmal zur Touristeninformation und schauen nach, wo sich unser Verdächtiger einquartiert hat.«

Da jeder Borkum-Besucher einen Gästebeitrag entrichten musste, hatte die Zimmervermittlung einen guten Überblick, welche Personen sich in den Hotels, Pensionen und Ferienunterkünften aufhielten. Vom Neuen Leuchtturm bis zu der Touristenagentur am Georg-Schütte-Platz waren es nur wenige Schritte. Während die Ermittler am Inselbahnhof vorbeigingen, sagte Enno: »Vielleicht ist es doch besser, wenn du deinen Verdacht gegen Kati erst einmal für dich behältst. Falls sich ihre Unschuld herausstellt, könnte dadurch böses Blut zwischen euch entstehen. Es ist zwar dein Job, jedem Verdacht nachzugehen, aber dafür hat leider nicht jeder Verständnis.«

»Woher kommt dieser plötzliche Sinneswandel?«, wollte Mona wissen.

»Ich habe mir Inas Aussage noch einmal durch den Kopf gehen lassen. Du sagtest doch, dass es Katis Idee war, den Neuen Leuchtturm besteigen zu wollen, richtig?«

»Ja, das hatte ich dir erzählt.«

Der Oberkommissar nickte und fuhr fort: »Es wäre vorstellbar, dass Janina Eger und Markus Arnold auf sie gewartet hatten. Sie wussten vielleicht, mit welcher Fähre deine Freundin ankommen würde. Dann muss man noch ein wenig Zeit dazurechnen, um vom Inselbahnhof zum Hotel zu gehen, um dort das Gepäck abzustellen.

Und anschließend wollte Kati direkt auf den Leuchtturm gehen, wenn ich dich richtig verstanden habe.«

Ennos Schlussfolgerung war nicht abwegig, wie der Kriminalistin schlagartig bewusst wurde. Sie führte sich die Episode im *Hotel Teutonia* vor Augen: Gewiss, der Neue Leuchtturm gehörte zu den beliebtesten Touristenattraktionen auf Borkum, wobei sich längst nicht jeder Inselbesucher zum Aufstieg zur Aussichtsplattform aufraffen konnte. Aber es war schon auffällig, dass Kati sofort nach ihrer Ankunft dies in Angriff nehmen wollte. Als ihre Freundin den Wunsch äußerte, hatte die Kommissarin sich nichts dabei gedacht. Inzwischen war allerdings einiges geschehen.

»Also wäre Kati nach deiner Theorie mit den beiden auf dem Leuchtturm verabredet gewesen?«, vergewisserte Mona sich. »Sie hat mit keiner Silbe erwähnt, dass sie Janina Eger kennt. Falls meine Freundin irgendwelche dunklen Absichten hat, ist das allerdings auch nicht verwunderlich.«

»Noch sind das alles nur Annahmen«, stellte der Ostfriese klar. »Es kann auch eine völlig andere Erklärung für Markus Arnolds Nervosität in der Pizzeria geben.«

»Ja, und laut *Meister Lampe* ist er nach dem Streit Richtung Strand abgehauen, anstatt seiner Begleiterin in den Turm zu folgen«, gab die Kommissarin seufzend zurück. Sie fügte hinzu: »Ich bin jedenfalls froh, dass wir wieder gemeinsam ermitteln.«

Sie unterstrich ihre Worte, indem sie ihren Kopf gegen seine breite Schulter lehnte. Nachdem die beiden sich durch die Menschenmenge am Inselbahnhof gekämpft hatten, betraten sie den Pavillon der Touristeninformation. Die Mitarbeiter hatten den Kommissaren schon oft mit Hinweisen weiterhelfen können, und so war es auch diesmal: Ein Urlauber namens Markus Arnold hatte vor drei Tagen ein Zimmer in der *Frühstückspension Grone* bezogen. Diese gehörte zu den preisgünstigeren Unterkünften auf Borkum. Sie befand sich ein wenig abseits des Ortszentrums in der Reedestraße, auf halbem Weg zwischen dem Inselbahnhof und dem Fährhafen. Die Ermittler bedankten sich und verließen das Gebäude. Auch Janina Eger war bei der Touristeninformation registriert. Sie war im *Hotel König von Belgien* abgestiegen. Dieser Übernachtungsbetrieb der gehobenen Mittelklasse befand sich an der Bubertstraße. Von einigen begehrten Erkerzimmern aus hatte man in diesem Hotel einen unverbaubaren Blick auf den Strand und die Nordsee. Die Kommissarin nahm sich vor, möglichst bald die Unterkunft des Mordopfers zu durchsuchen. Aber zunächst hatte sie etwas anderes im Sinn.

»Nehmen wir uns den Verdächtigen gleich mal vor?«, fragte Mona tatendurstig. Sie konnte es kaum erwarten, Arnold mit ihrem Verdacht zu konfrontieren. Aber Enno schüttelte den Kopf: »Es wäre besser, wenn wir den Ball erst einmal flach halten würden. - Was genau können wir Arnold denn nachweisen? Dass er mit dem späteren Mordopfer in der Pizzeria war, mehr nicht. Hat ihn jemand auf dem Turm gesehen? Vielleicht. Wir haben noch nicht mit allen Zeugen gesprochen, die den Mörder bemerkt haben könnten. Beispielsweise fehlt uns noch die Aussage der Mutter mit den beiden Kindern, von der du mir berichtet hast. Bisher können wir Arnold nicht mit dem Mord in Verbindung bringen.«

»Und wenn das Ehepaar Cremer in ihm den Mann erkennen würde, der vor dem Leuchtturm etwas gesucht hat?«, gab die Kommissarin zu bedenken.

»Dann kann er einfach behaupten, sein Feuerzeug oder seinen Schlüssel oder einen anderen unverfänglichen Gegenstand verloren zu haben«, antwortete ihr Kollege und fuhr fort: »Rolf Grone ist keine Plaudertasche. Wir sollten ihn anrufen und über seinen Gast ausfragen. Er wird gegenüber Arnold gewiss nicht durchblicken lassen, dass die Polizei sich nach ihm erkundigt hat. - Und für den Fall, dass unser Verdächtiger die Insel vorzeitig verlassen will, informieren wir das Fährterminal und den Flughafen.«

»Du willst Arnold also in Sicherheit wiegen?«

Enno erwiderte: »Ja – bis wir mehr gegen ihn vorbringen können. Sobald er merkt, dass die Polizei ihn auf dem Radar hat, wird er vorsichtig. Aber wenn er sich unbehelligt fühlt, macht er vielleicht einen Fehler.«

Mona musste zugeben, dass der Ansatz ihres Kollegen vielversprechend war. Sie neigte leider manchmal zu übereilten und wenig durchdachten Aktionen, wodurch sie sich selbst oftmals ein Bein stellte. Oder ihr Temperament machte ihr einen Strich durch die Rechnung. Deshalb war Mona froh, dass Enno sie im entscheidenden Moment zu bremsen verstand. Die beiden gingen zur Wache zurück, wo der Oberkommissar in ihrem Dienstzimmer zum Festnetztelefon griff. Er schaltete den Lautsprecher ein, so dass sie mithören konnte. Einige Male ertönte das Freizeichen, dann erklang eine tiefe Männerstimme.

»Moin, Sie sprechen mit der *Frühstückspension Grone.*«

»Moin, Rolf. Hier ist Enno von der Polizei. Wie geht es dir?«

»Bis eben ging es mir noch gut. Aber falls Birte dich nicht vor die Tür gesetzt hat und du ein Zimmer bei mir mieten willst, dann sieht es schon anders aus. Du rufst bestimmt an, weil mir Schwierigkeiten ins Haus stehen, oder?«

»Ich habe meine Frau nicht geärgert, also wirst du mich nicht als Gast begrüßen können«, gab der Oberkommissar schmunzelnd zurück, wurde aber gleich wieder ernst: »Es geht um einen Mann, der bei dir ein Zimmer gemietet hat. Er heißt Markus Arnold.«

Einen Moment lang herrschte Stille in der Leitung. Man hörte, wie Grone tief durchatmete. Dann fragte er: »Hat Arnold Dreck am Stecken?«

»Das wissen wir noch nicht. Ich rufe dich an, um mehr über ihn zu erfahren. Pensionswirte verfügen ja meist über eine gute Menschenkenntnis.«

»Wenn du meinst, Enno … ich gebe zu, dass ich aus diesem Herrn nicht schlau werde«, erwiderte Grone.

»Was meinst du damit?«

»Du kennst meine Pension. Wer sich bei mir einmietet, verfügt nur über ein kleines Budget. Das ist in Ordnung, darauf bin ich eingestellt. Borkum ist eben eine Insel, die nicht nur für die ‚Schönen und Reichen' da ist. - Arnold würde jedenfalls eher in ein 5-Sterne-Hotel passen als in meine bescheidene Unterkunft.«

»Hat er sich über sein Zimmer beschwert?«, wollte der Oberkommissar wissen.

»Nein, das nicht. Es ist mehr der allgemeine Eindruck von ihm, verstehst du? Seine Kleidung, sein Gepäck – das ist alles vom Feinsten. Luxuslabels – dafür habe ich einen Blick. Vor drei Tagen hat er bei mir eingecheckt und wollte gleich im Voraus für die zwei Wochen bezahlen – und zwar per Kreditkarte. Ich entgegnete, dass das bei mir nicht möglich ist. Also ging er zu einem Geldautomaten und hat Bargeld geholt. Er hatte gar keins dabei.«

Vielleicht führte er keine Euroscheine, sondern Pfundnoten mit sich … Und man macht sich ja nicht gleich verdächtig, weil man wohlhabend ist, dachte die Kommissarin. Dennoch fand sie es seltsam, dass Arnold ausgerechnet in der bescheidenen Pension untergekommen war. Enno fragte weiter: »Hat dieser Gast Besuch bekommen, beispielsweise von einer Frau?«

»Nicht dass ich wüsste. Ich habe Arnold allerdings kaum zu Gesicht bekommen, seit er bei mir wohnt. Er kommt praktisch nur zum Schlafen her, frühstückt auch nicht – obwohl das im Preis inbegriffen ist. Als ich ihn darauf aufmerksam machte, behauptete er, morgens nichts herunterzubekommen. Ich glaube aber eher, dass er keinen Kontakt zu den anderen Pensionsgästen haben will. Im Frühstücksraum kommt man ja normalerweise ins Gespräch, das bleibt nicht aus.«

»Das ist interessant«, erwiderte Enno. Dann fügte er hinzu: »Bitte erwähne gegenüber Arnold nicht, dass die Polizei sich für ihn interessiert. Und falls er doch mal Besuch bekommt, wäre ich für einen Anruf sehr dankbar.«

»Meine Lippen sind versiegelt«, versicherte der Pensionswirt. »Und falls mir etwas auffällig vorkommt, melde ich mich bei dir.«

Der Oberkommissar legte den Hörer auf.

»Es kommt mir so vor, als ob Arnold möglichst wenig Aufsehen erregen will«, dachte seine Kollegin laut nach. »Ich wüsste gern, was er den ganzen Tag lang gemacht hat, wenn er sich nicht in seinem Pensionszimmer aufhielt. Was hatte er mit dem Mordopfer zu tun? Müssen wir uns Janina Eger und ihn als ein Liebespaar vorstellen? Und falls nicht – welcher Art war die Verbindung zwischen ihnen?«

»Wir sollten uns im *Hotel König von Belgien* umschauen, vielleicht finden wir dort Antworten«, schlug Enno vor.

»Ja, auf jeden Fall. Aber erst will ich noch unseren Logiergast Rabea Otte genauer unter die Lupe nehmen.«

»Die Taschendiebin?«

»Genau von der spreche ich«, erwiderte Mona. »Sie hat übrigens nicht nur Janina Egers Portemonnaie geklaut, sondern auch ihren Zimmerschlüssel. Kein Wunder, dass ich bei der Leiche vergeblich danach gesucht habe!«

Kapitel 6

Wenig später hockte die Frau mit der Baseballkappe wie ein Häufchen Elend auf einem Stuhl im Verhörraum. Enno hatte sie über ihre Rechte belehrt, außerdem Mona und sich mit Namen und Dienstgrad vorgestellt. Rabea Otte verzichtete auf einen Rechtsanwalt, wiederholte nur mehrfach: »Ich habe diese Frau nicht getötet!«

Mona erwiderte: »Wissen Sie was? Ich neige dazu, Ihnen zu glauben. Ich habe mir nämlich kurz vor dieser Befragung in den polizeilichen Datenbanken Ihre elektronische Strafakte angeschaut. Sie haben drei Verurteilungen wegen Diebstahls und schweren Diebstahls, aber es gibt keinen Hinweis auf Gewaltanwendung. Vermögensdelikte scheinen mehr so Ihr Ding zu sein, richtig?«

Die Kommissarin versuchte mit diesen Worten der Kriminellen eine goldene Brücke zu bauen, um ihr ein ehrliches Geständnis zu entlocken. Ob dieses Vorhaben funktionieren würde, war allerdings noch unklar.

»Wenn Sie das sagen, Frau Sander ...«, erwiderte die Verdächtige schulterzuckend. Ihre Haltung war zögernd, abwartend. Rabea Otte spielte die Unbeteiligte. Sie lümmelte auf ihrem Stuhl, als ob sie die ganze Befragung überhaupt nichts angehen würde. Die Ermittlerin ließ sich davon nicht beeindrucken und wirkte weiter auf sie ein.

»Sie haben angeblich mit Janina Egers Tod nichts zu tun. Wie ich höre, waren sie während der erkennungsdienstlichen Behandlung durch meinen Kollegen völlig aufgelöst«, stellte Mona fest. Das Gesicht der Verdächtigen war gerötet und aufgequollen. Man konnte nicht übersehen, dass sie geweint hatte. Es war ihr also nicht die ganze Zeit über gelungen, eine coole Fassade aufrechtzuerhalten.

»Ich musste aus Frust und Enttäuschung heulen«, behauptete die Verdächtige. »Noch nie zuvor habe ich auf der Aussichtsplattform eines Leuchtturms lange Finger gemacht. Ich bildete mir ein, dort besonders leichtes Spiel zu haben – weil jeder den Blick auf die Insel und die Nordsee genießen würde. Und dann wurde ich ausgerechnet dort von Ihnen erwischt.«

War diese Erklärung glaubwürdig? Mona kannte Kriminelle, die auf Kommando Krokodilstränen hervorbringen konnten, um Mitleid zu erregen oder von ihrer Schuld abzulenken. Daher nahm sie nicht alles für bare Münze, was Rabea Otte ihr auftischen wollte.

»Wenn Sie uns bei der Aufklärung des Mordes helfen können, werden wir bei der Staatsanwaltschaft Ihre Kooperation würdigen«, stellte die Kommissarin ihr in Aussicht. Sie ergänzte: »Sie müssen genau nachdenken, jede Kleinigkeit kann wichtig sein. - Als ich Sie verhaftet habe, waren außer Ihnen, mir und meiner Freundin Kati Rolfs außerdem Sebastian Lampe – der junge Mann – sowie das Ehepaar Veerkamp auf der Plattform. Hinzu kamen noch Sie selbst und die Tote. Erinnern Sie sich an weitere Personen, die mir vielleicht entgangen sind?«

»Mir fällt sofort die Mutter mit den beiden Kindern ein, sie kam mir auf der Treppe entgegen, als ich nach oben stieg. Sie und Ihre Freundin waren auch schon da, Frau Sander. Aber Sie bemerkten mich gar nicht, als ich das Plateau betrat. Sie starrten in die Ferne ... ja, und direkt vor mir schaffte ein Mann den Aufstieg zur Turmspitze.«

Mona horchte auf, und das Interesse ihres Kollegen war ebenfalls geweckt.

»Können Sie ihn beschreiben, Frau Otte?«, bat Enno.

»Er ist groß – nicht so riesig wie Sie, Herr Moll, aber vielleicht eins fünfundachtzig. Seine Haarfarbe könnte man brünett nennen. Und seine Klamotten waren vom Feinsten, für so etwas habe ich einen Blick.«

Die Kommissarin hatte keinen Grund, an dieser Aussage zu zweifeln. Und zwar nicht nur, weil die Beschreibung ziemlich gut auf Markus Arnold zu passen schien. Mona besaß reichlich Erfahrung mit Taschendieben. Die Bekämpfung von Eigentumskriminalität auf den Straßen Borkums gehörte für sie und Enno zu den Hauptaufgaben, wenn die beiden nicht gerade einen Mordfall lösen mussten. Daher war der Ermittlerin bekannt, dass Klauböcke meist sehr gute Beobachter waren – berufsbedingt, denn sie mussten den richtigen Moment zum Zugreifen abpassen. Die Profis unter ihnen begingen hunderte von Straftaten, bevor sie das nächste Mal erwischt wurden.

»Wo genau befand sich diese Person?«, bohrte Enno nach.

»Der Dunkelhaarige ging an den anderen Leuten vorbei. Ich nahm an, dass er sich eine gute Position zum Schauen suchen wollte«, erwiderte Rabea Otte.

»War der Mann allein oder in Begleitung auf dem Turm?«, fragte Mona.

»Das habe ich mich auch gefragt, denn ich fand ihn ziemlich attraktiv«, lautete die Antwort. »Den Aufstieg hat er zumindest solo absolviert. Dann habe ich kurzzeitig gedacht, dass er zu Ihrer Freundin« - sie zeigte auf die Ermittlerin - »gehören würde.«

»Warum glaubten Sie das?«, erkundigte Mona sich, während ihre Anspannung stieg.

»Weil er Ihrer Freundin zugezwinkert hat. - Na ja, vielleicht war er auch einfach nur scharf auf sie.«

Diese Information traf die Kommissarin wie ein Hammerschlag. Ihre Befürchtungen schienen sich zu bewahrheiten. Andererseits – Rabea Otte war eine Kriminelle. Warum sollte man ihren Worten vertrauen? Mona konnte sich diese Frage selbst beantworten: *Weil sie keinen Grund hat, mir etwas vorzumachen!* Oder vielleicht doch? Enno wandte sich nun an die Verdächtige: »Was hat der Mann als Nächstes getan?«

»Er ging an mir vorbei, Herr Moll. Ich sah, dass er kein Portemonnaie in seinen Gesäßtaschen hatte. Also musste er sein Geld anderswo aufbewahren, vielleicht in einem Brustbeutel oder in den vorderen Hosentaschen. Es ist schwieriger, dort zuzugreifen – aber nicht unmöglich. Aber ich wollte lieber mit leichteren Opfern anfangen, also klaute ich der Frau ihre Geldbörse.«

»Ich glaube nicht, dass Sie uns die ganze Wahrheit sagen«, stellte der Oberkommissar bedauernd fest.

»Sie unterstellen mir, dass ich lüge?«, begehrte die Verbrecherin auf. Allerdings hätte Mona nicht genau sagen können, ob ihre Empörung echt oder nur gespielt war. Enno erwiderte: »Wie hätten Sie sehen können, dass der Mann Kati Rolfs eindeutige Signale gab, wenn Sie seine Rückseite erblickten – also hinter ihm standen?«

»Ich … ich habe erst neben dieser Kati Rolfs am Geländer gestanden, als er ihr zugezwinkert hat«, stammelte Rabea Otte und fuhr fort: »Als er dann weiterging, betrachtete ich seine Rückseite. Das mache ich immer, wenn ich jemand abziehen will.«

Der Oberkommissar fragte lächelnd: »Ging Kati Rolfs denn auf seine Flirtversuche ein?«

Mona musste zugeben, dass diese Frage berechtigt war. Sie befürchtete, dass ihre Freundin wirklich etwas zu verbergen hatte. Ihr Misstrauen gegen Kati war inzwischen so groß, dass es auch durch die beiläufigste Beobachtung zusätzliche Nahrung bekam. Sie verdrängte diesen Gedanken und konzentrierte sich wieder auf die

Ereignisse vor dem Mord. Ennos Frage schien die Verdächtige aus dem Konzept gebracht zu haben.

»Ich spüre so etwas – sie hatte es auf ihn abgesehen, und er auf sie. Kati Rolfs zwinkerte zurück, da bin ich mir ziemlich sicher. Ich habe mir bestimmt nicht eingebildet, dass er an *ihr* interessiert war – und umgekehrt!«, rechtfertigte sie sich. Mona ließ die Aussage der Taschendiebin auf sich wirken. Kati war eine Frau, die keineswegs Hemmungen hatte, Kontakte zu Männern zu knüpfen. Selbst wenn es einen kurzen Augenflirt zwischen ihr und dem Dunkelhaarigen gegeben hatte, war deshalb noch lange nicht gesagt, dass die beiden einander kannten. Wenn da nur nicht Arnolds britische Kreditkarte gewesen wäre! Die Kommissarin nahm sich vor, so bald wie möglich die beruflichen und privaten Hintergründe dieses Mannes zu durchleuchten. Aber jetzt ging es um die Ereignisse auf der Aussichtsplattform.

»Was haben Sie getan, nachdem Sie die Geldbörse und den Zimmerschlüssel des Opfers entwendet hatten?«, wollte sie wissen.

»Ich bin ein Stück weit weggegangen, weil ich danach den alten Knaben auf meiner To-do-Liste hatte ...«

»Sie meinen Veerkamp«, warf Mona ein.

»Jedenfalls habe ich die Frau, die dann gestorben ist, aus den Augen verloren. Ich wurde erst stutzig, als ich den Schrei hörte«, behauptete die Taschendiebin. Das war durchaus glaubhaft, wie die Kommissarin sich vor Augen führte. Wenn man auf der Aussichtsplattform stand, konnte man nicht den gesamten Bereich überblicken, weil die Mitte des Turms stets einen Teil der Sicht auf den Rest des Plateaus versperrte.

»Also gibt es keine persönliche Verbindung zwischen Ihnen und dem Mordopfer?«, vergewisserte die Ermittlerin sich. »Es wäre sehr unangenehm für Sie, wenn wir herausfinden, dass Sie uns belogen haben.«

Enno ergänzte lächelnd: »Wir kennen uns ganz gut aus mit Eigentumsdelikten. Es ist ungewöhnlich, dass nicht nur Portemonnaies und Smartphones, sondern auch Zimmerschlüssel entwendet werden.«

»Ich hatte auch gar nicht vor, einen Schlüssel zu klauen, das hat sich einfach so ergeben«, behauptete Rabea Otte. In diesem Moment fand Mona sie nicht sehr überzeugend. Wenn die Diebin es nun wirklich gezielt darauf abgesehen hatte, das Zimmer des Opfers zu durchsuchen? Durch die zeitnahe Verhaftung hatte die Kommissarin dies verhindern können. Sie brannte darauf, sich nun ihrerseits in dem Raum genauer umzuschauen. Aber zwei weitere Fragen hatte sie noch.

»Ich habe in Ihren Taschen nur den Schlüssel zu Janina Egers Hotelzimmer gefunden. Aber wo befindet sich Ihre eigene Borkumer Ferienunterkunft?«

Die Taschendiebin lächelte, als ob die Ermittlerin einen versteckten Witz gemacht hätte: »Die gibt es gar nicht, Frau Sander. Ich bin heute Morgen mit der ersten Fähre aus Emden gekommen und wollte abends zurückfahren.«

Diese Erklärung hätte Mona eigentlich zufriedenstellen müssen. Es gab nämlich etliche Kleinkriminelle, die mittels dieser Methode die ostfriesischen Urlaubsinseln »abgrasten«: Sie tauchten als Tagestouristen auf, klauten nur Geld und Gegenstände, die sie in ihrem Handgepäck mitführen konnten und verschwanden abends wieder von der Bildfläche. Doch Rabea Otte hatte bei ihrer Behauptung ein wichtiges Detail übersehen.

»Wenn es so wäre, wie Sie sagen – wo ist denn Ihre Tagesrückfahrkarte?«, wollte die Kommissarin wissen und fügte hinzu: »In Ihren Taschen konnte ich sie jedenfalls nicht finden.«

»Dann muss ich sie wohl verloren haben«, murmelte die Verbrecherin. Überprüfen ließ sich diese Aussage nicht. Es gab zwar personalisierte Tickets der Fährgesellschaft, aber nur im Online-Vorverkauf. Wer seine Fahrkarte hingegen höchstpersönlich am Verkaufsschalter in Emden löste, wurde nicht nach seinem Ausweis gefragt. Und welche Taschendiebin wäre schon so dämlich, ein Ticket online auf den eigenen Namen zu buchen?

»Als Letztes möchte ich noch das Passwort Ihres Smartphones erfahren«, sagte Mona. »Oder wird es mit einem Fingerabdruck von Ihnen entsperrt?«

»Das Telefon gehört überhaupt nicht mir, ich habe es auf der Bismarckstraße geklaut«, lautete die Antwort. Da sie aus dem Mund einer professionellen Taschendiebin kam, wäre sie durchaus plausibel gewesen. Aber falls Rabea Otte die Wahrheit sagte – wo war dann ihr eigenes Smartphone? Es fiel der Ermittlerin schwer, sich eine junge Frau ohne ein solches Gerät vorzustellen. Die Verdächtige konnte sich dumm stellen, solange sie wollte – die Kriminaltechniker in Oldenburg würden schon für einen Zugriff auf die Handydaten sorgen. Dies konnte allerdings etwas Zeit in Anspruch nehmen. Enno schien jedenfalls für den Moment keine weiteren Fragen mehr zu haben. Er sagte: »Sie bleiben momentan in Polizeigewahrsam, Frau Otte. Wegen Ihrer Vorstrafen und möglicher Verdunkelungsgefahr können wir Sie nicht auf freien Fuß setzen. Sie werden morgen aufs Festland gebracht, wo ein Richter über die Verhängung von Untersuchungshaft entscheidet.«

Rabea Otte presste die Lippen aufeinander, erwiderte aber nichts. Wahrscheinlich hatte sie gar nicht damit gerechnet, freigelassen zu werden. Mona führte sie höchstpersönlich zu ihrer Arrestzelle. Auf dem Weg dorthin sagte sie scheinbar beiläufig: »Sie haben ja jetzt Zeit zum Nachdenken. Vielleicht überlegen Sie sich, ob Sie Ihre Aussage nicht noch ergänzen wollen. Auch wenn Sie keine Mörderin sind, können Sie durch Mitwisserschaft große Probleme bekommen. Sobald wir nachweisen können, dass Sie eine Komplizin sind, ist für Sie der Zug sowieso abgefahren. Dem können Sie nur vorbeugen, indem Sie vorher auspacken.«

»Ich habe alles gesagt, was es zu sagen gibt«, erwiderte die Taschendiebin. Aber nach Meinung der Kommissarin hörte sie sich nicht besonders überzeugend an. Nachdem Rabea Otte im Arrestraum angekommen war, schloss Mona die Tür von außen ab, legte den Riegel vor und kehrte zu Enno zurück.

»Hattet ihr noch ein vertrautes Gespräch ‚von Frau zu Frau'?«, fragte er treuherzig. Sie lachte: »So würde ich das nicht nennen. Ich habe versucht, ihr Angst einzujagen. Ob es geklappt hat, steht auf einem anderen Blatt. - Du hast ihr auch nicht geglaubt, dass sie keine Unterkunft auf Borkum hat, oder?«

Der Ostfriese schüttelte den Kopf: »Nicht eine Sekunde lang. Die Dame ist eine professionelle Taschendiebin. Und wodurch zeichnet sich diese Branche aus? Frauen und Männer wie Rabea Otte können auf den günstigsten Moment warten und dann blitzschnell zuschlagen. Solche Kriminelle sind in der Lage, Gegenstände im Handumdrehen in ihren Besitz zu bringen. Erlangung von Kontrolle heißt das Stichwort. Wer so konzentriert bei der Sache ist, wird wohl kaum seine Tagesrückfahrkarte verbummeln.«

Bevor Mona etwas erwidern konnte, stürmte Grietje in den Verhörraum: »Ah, hier seid ihr! Der Chef will euch sprechen, ich renne schon durch die ganze Dienststelle auf der Suche nach euch.«

»Jeder Gang macht schlank«, gab die Kommissarin schlagfertig zurück. Wenig später saßen die beiden Ermittler ihrem Vorgesetzten in seinem Büro gegenüber. Oltbeck thronte wie üblich hinter dem Schreibtisch und hörte sich den Zwischenbericht an. Nachdem Mona geendet hatte, warf er ihr einen prüfenden Blick zu: »Es kommt nicht oft vor, dass eine Kriminalbeamtin so kurz nach einem Tötungsdelikt direkt vor Ort ist und gleich eine Festnahme durchführen kann. Wenn ich Sie richtig verstanden habe, dann halten Sie die Taschendiebin aber nicht für die Mörderin?«

Die Kommissarin wusste, dass ihr Vorgesetzter nicht über besonders viel Fantasie verfügte. Ihn konnte man nur mit Fakten überzeugen. Also tat sie ihr Möglichstes. Sie antwortete: »Genau so ist es – und zwar aus dem einfachen Grund, weil ich die Tatwaffe nicht bei ihr gefunden habe. Wir konnten diese leider immer noch nicht sicherstellen. Theoretisch hätte Rabea Otte diesen Gegenstand durch das Maschendrahtgitter stecken und fallen lassen können – aber bei der Person, die später vermutlich das Beweisstück aufgesammelt hat, handelte es sich nach Zeugenaussagen um einen Mann.«

Dieses Argument überzeugte Oltbeck offensichtlich nicht.

»Und wenn dieser Unbekannte nicht der Mörder, sondern nur ein Komplize war?«, gab der Chef zu bedenken. Mona erwiderte: »Grundsätzlich wäre dies eine Möglichkeit. Allerdings hatte ich die Verdächtige schon verhaftet und ihr das Telefon weggenommen. Es gab also keine Möglichkeit für sie, einen Mittäter zu verständigen.«

Das stimmte zwar – doch gleichzeitig erkannte die Kommissarin, dass der Handlanger trotzdem hätte eingreifen können. Er musste nur vom Boden aus die Leuchtturm-Aussichtsplattform mit einem Fernglas im Blickfeld behalten. Auf einer Ferieninsel wie Borkum, die zudem noch zahlreiche seltene Vogelarten aufwies, war das Mitführen eines Fernglases nicht auffällig. Oltbecks Überlegungen schienen in dieselbe Richtung zu gehen: »Sie sollten einen Mittäter nicht vorschnell ausschließen, Frau Sander. Sie wissen so gut wie ich, dass Taschendiebe oft zu zwei oder zu dritt arbeiten, wenn man das so nennen will. Und nur weil Rabea Otte ihren Komplizen nicht verraten hat, bedeutet es nicht, dass es keinen gibt.«

Nun meldete sich Enno zu Wort: » Ich denke, wir sollten davon ausgehen, dass der Taschendiebstahl und der Mord etwas miteinander zu tun haben. Ich finde es auffällig, dass die

Kleinkriminelle den Zimmerschlüssel entwendet hat. Natürlich könnte sie gehofft haben, im Hotel noch mehr Beute zu machen. Aber Frau Sander und ich haben in den vergangenen Jahren schon etliche Taschendiebe dingfest gemacht, wie Sie wissen. Und keiner von ihnen hat sich an den Schlüsseln seines Opfers vergriffen. Diese Vorgehensweise ist bei solchen Delikten ziemlich untypisch.«

»Umso intensiver sollten Sie im Hotelzimmer der Ermordeten nach Hinweisen auf ein Motiv für die Bluttat suchen«, ordnete der Vorgesetzte an und ergänzte: »Apropos: Haben Sie schon eine Idee, aus welchem Grund diese Frau sterben musste?«

Mona schüttelte den Kopf: »Theoretisch könnte Janina Eger zu einem Zufallsopfer geworden sein. Diese Variante kommt mir aber unwahrscheinlich vor. Ein Täter, der wahllos zusticht, geht nicht mit solcher Präzision vor. Dr. Siemers vermutet, dass der Mörder die menschliche Anatomie bestens kennt und genau wusste, wo er den Stich platzieren musste. - Und ich fürchte, dass meine Freundin in die Tat verwickelt ist!«

War Monas Zunge wieder einmal schneller gewesen als ihr Verstand? Sie hatte Oltbeck eigentlich ihren Verdacht gegen Kati verheimlichen wollen. Aber war dies überhaupt möglich? Falls ihre Freundin unschuldig war, musste sie nichts befürchten. Doch wenn sie sich auf irgendeine Art an dem Verbrechen beteiligt hatte und der Chef herausfand, dass Mona sie deckte – dann konnte dies für die Kommissarin unabsehbare Folgen haben. Sogar eine Entlassung aus dem Polizeidienst war nicht ausgeschlossen. Ihr letzter Satz schien den Hauptkommissar zu überraschen: »Wirklich, Frau Sander? Wie kommen Sie zu dieser Annahme?«

Mona brachte stockend die Gründe vor, durch die ihr Misstrauen geweckt worden war. Doch je länger sie sprach, desto stärker kamen ihr die Argumente an den Haaren herbeigezogen vor. Als sie verstummte und Oltbeck darauf reagierte, hörte er sich skeptisch an: »Ich kann Ihnen nicht ganz folgen, Frau Sander – nur weil Markus Arnold eine britische Kreditkarte besitzt und Ihrer Freundin zugezwinkert haben soll, muss man daraus keine Tatbeteiligung konstruieren. Wobei ja noch keineswegs gesagt ist, ob es sich bei dem dunkelhaarigen Mann auf dem Turm wirklich um Arnold gehandelt hat. - Wie auch immer: Es ehrt Sie, dass Sie Ihre Freundin nicht von vornherein als Verdächtige ausklammern wollen. Wir sollten nun zunächst die weiteren Ermittlungen abwarten.«

Schon wieder ein Lob vom Chef? Das sollte aber nicht zur Gewohnheit werden, dachte die Kommissarin. Normalerweise lag sie mit Oltbeck stets über Kreuz. Enno sagte: »Ich bin sicher, dass auch die Auswertung der Handydaten neue Erkenntnisse bringen wird – und zwar unabhängig davon, ob das Gerät Rabea Otte gehört. Und im Zimmer der Ermordeten finden wir vielleicht auch Hinweise auf ihre Angehörigen, die verständigt werden müssen.«

»Gut, dann halten Sie mich auf dem Laufenden. Und melden Sie sich, wenn Sie Unterstützung brauchen.«

Mit diesen Worten beendete der Dienststellenleiter die kurze Besprechung.

Kapitel 7

»Willst du deine Freundin nicht anrufen?«

Diese Frage stellte Enno, während er und seine Kollegin zum *Hotel König von Belgien* hinübergingen. Der Beherbergungsbetrieb befand sich in der Bubertstraße, die parallel zur Bismarckstraße verlief. Von der Wache dorthin waren es zu Fuß nur wenige Minuten. Es hätte sich nicht gelohnt, den Wagen zu nehmen. Außerdem war ein kurzer Spaziergang immer eine gute Gelegenheit, um die Gedanken zu sammeln. Noch dazu hielten sich die beiden Kriminalisten immer gern an der frischen Luft auf. Sie versuchten, so wenig Zeit wie möglich im Büro oder im Auto zu verbringen, was leider nicht immer möglich war.

»Was soll ich ihr denn sagen?«, fragte Mona zurück. »Dass sie im Verdacht steht, an einem Kapitalverbrechen beteiligt zu sein?«

Sie spürte selbst, wie gereizt sie sich anhörte. Enno war der letzte Mensch auf der Welt, den sie anpflaumen wollte. Aber manchmal schaffte sie es sogar bei ihm nicht, ihre schlechte Laune für sich zu behalten.

»Daran hatte ich gar nicht gedacht«, betonte der Oberkommissar unbeeindruckt und fuhr fort: »Du erzählst mir seit Wochen, wie sehr du dich auf das Treffen mit deiner Freundin freust. Das geht Kati ganz bestimmt genauso. - Ich sehe jetzt zwei Möglichkeiten: Entweder ist sie unschuldig oder sie hat etwas zu verbergen. Im ersten Fall solltest du Kontakt aufnehmen, um sie zu beruhigen und dich beispielsweise heute Abend mit ihr zu verabreden. Und falls die letztere Variante zutrifft, wäre ein Treffen ebenfalls empfehlenswert, damit sie nicht Lunte riecht und misstrauisch wird.«

Die Kommissarin lächelte und fragte: »Hat dir schon mal jemand gesagt, dass du ganz schön raffiniert bist?«

»Aus deinem Mund ist das ein Kompliment«, erwiderte er. Auf jeden Fall hatte er es durch seine Anregung geschafft, ihre Stimmung sofort zu verbessern. Sie beschloss, Nägel mit Köpfen zu machen, und zog ihr Smartphone aus der Tasche. Dann holte sie Katis Nummer aus dem Schnellwahlspeicher. Die Kommissare gingen an der *Seekiste* vorbei. Im Außenbereich des Kultlokals neben dem Inselbahnhof genossen einige Urlauber die Sonne und das kühle Pils. Kati nahm das Telefonat an: »Ja, Mona?«

»Ich wollte mich kurz melden, Süße! Es tut mir echt leid, dass unser Turmbesuch so blutig geendet hat … ja, ich weiß, dass das nicht meine Schuld ist. Mein Kollege und ich müssen jetzt diversen Hinweisen nachgehen, aber heute Abend bin ich garantiert wieder frei. Und dann brauche ich einen Drink – oder auch mehrere. - Du bist dabei? Darauf hatte ich gehofft! Gut, dann hole ich dich um zwanzig Uhr im *Hotel Teutonia* ab. Super, bis später!«

Sie steckte ihr Telefon wieder ein. Es kam ihr vor, als ob sie ihre Freundin verraten hätte – was objektiv gesehen natürlich Unsinn war.

»Habe ich munter genug geklungen?«, wollte sie von ihrem Kollegen wissen. Berufsbedingt musste Mona gelegentlich Gefühle heucheln und Verbrechern eine Schmierenkomödie vorspielen. Dies fiel ihr immer noch nicht leicht, obwohl sie vor kurzem erst erfolgreich im Undercovereinsatz gewesen war, als sämtliche Gäste einer Frühstückspension unter Mordverdacht standen. Bei dieser Gelegenheit hatte sie die Täuschung relativ lange aufrechterhalten können. Allerdings ging es im aktuellen Fall um ihre beste Freundin, und diese Tatsache bereitete der Kommissarin echtes Kopfzerbrechen.

»Du hast deine Sache gut gemacht«, antwortete Enno. Er hörte sich vollkommen überzeugt an. Trotzdem betrat Mona wenig später die Hotelhalle mit gemischten Gefühlen. Das *Hotel König von Belgien* gehörte zu den kleineren alteingesessenen Urlaubsunterkünften der Insel. Die Lage war nicht ganz so traumhaft wie beim *Strandhotel Hohenzollern*, dem *Nordsee Hotel* oder dem *Strandhotel Vier Jahreszeiten*. Aber auch das *König von Belgien* hatte seine Stammgäste, die gern jedes Jahr wiederkehrten. Die Kommissare gingen direkt zur Rezeption. Die Eingangshalle war mit Holz getäfelt. Einige Ölgemälde zeigten Segelschiffe auf hoher See. Ein besonders beeindruckendes Bild zeigte einen Amtsvorgänger des aktuellen belgischen Herrschers. Offenbar war diese Majestät vor hundert Jahren hier abgestiegen, wodurch das Hotel seinen Namen bekommen hatte. Mona kannte die junge blonde Rezeptionistin, die den schönen friesischen Vornamen Beeke trug. Sie war vor einigen Wochen Zeugin bei einer Handgreiflichkeit zwischen zwei alkoholisierten Touristen gewesen, bei dem Mona zusammen mit einigen Kollegen eingegriffen hatte. Seitdem duzten die beiden Frauen einander. Die Angestellte lächelte, als sie die beiden Kriminalisten erblickte.

»Moin, was kann ich für euch tun?«

Mona dämpfte ihre Lautstärke, als sie antwortete: »Ich muss dir leider mitteilen, dass ein Hotelgast ermordet wurde. Genauer gesagt handelt es sich um Janina Eger.«

Diese Neuigkeit schockte Beeke sichtlich. Das Blut wich aus ihren Wangen. Ihr Blick schweifte zu der großen Freitreppe hinüber, die zu den Zimmern in den höher gelegenen Etagen führte. Die Kommissarin konnte sich denken, was gerade in ihr vorging.

»Keine Sorge, die Tat hat sich nicht hier ereignet«, beruhigte Mona sie. »Dennoch interessiert uns, ob Frau Eger während ihres Aufenthalts Besuch bekommen hat.«

Die Rezeptionistin überlegte kurz, dann nickte sie: »Ja, gestern war ein recht gutaussehender Herr hier. Er meldete sich gar nicht bei mir oder meinen Kollegen an, sondern setzte sich gleich in einen der Sessel dort drüben.«

Sie deutete auf einige Polstermöbel, die an der westlichen Schmalseite der Hotellobby standen. Dort hatten es sich momentan mehrere Personen bequem gemacht. Beeke fuhr fort: »Ich wollte mich bei dem Fremden schon erkundigen, ob er auf jemanden wartete. Aber die Frage beantwortete sich von selbst, denn im nächsten Moment kam Frau Eger herunter. Sie begrüßte den Mann mit Küsschen auf die Wange, dann schlenderten die beiden zusammen hinaus.«

»Schienen sie vertraut miteinander zu sein?«, hakte Mona nach. Die Hotelangestellte nickte. Enno bat sie darum, den Unbekannten genauer zu beschreiben. Bei ihm konnte es sich durchaus um Markus Arnold handeln. Waren er und das Mordopfer ein Liebespaar gewesen? Aber warum wohnten sie auf Borkum dann in verschiedenen Unterkünften? Und worum hatte sich der Streit gedreht, den Lampe beobachtet hatte? Dieser Überlegungen gingen der Kommissarin durch den Kopf. Der Verdacht gegen Arnold verdichtete sich weiter.

»Wann ist Frau Eger zurückgekommen? Und – war sie da immer noch in Begleitung?«, fragte Mona.

»Das weiß ich leider nicht. Sie ist mit dem Herrn gegen 17 Uhr fortgegangen, und um 18 Uhr war meine Schicht zu Ende. Ich kann meine Kollegin danach fragen, aber die Rezeption ist nur bis 22 Uhr besetzt.«

»Wir schauen uns erst einmal in dem Zimmer um«, sagte Enno und hielt den Hotelschlüssel hoch. Die Ermittler begaben sich ins erste Stockwerk, wo Janina Eger das Zimmer 122 bewohnt hatte. Monas Pulsschlag beschleunigte sich, als ihr Kollege aufschloss. Der helle große Raum verfügte über große Fenster und war mit modernen Möbeln eingerichtet, auch ein Flachbild-TV an der Wand fehlte nicht. Der Reinigungsdienst hatte offenbar seine Runde gedreht, jedenfalls war das Bett gemacht und die Handtücher im Bad ordentlich aufgehängt worden. Janina Eger hatte offenbar ein Doppelzimmer zur Einzelnutzung gebucht.

»Hast du ein Paar Latexhandschuhe für mich?«

Der Oberkommissar gab ihr das Gewünschte. Mona hatte zwar vorhin auf der Wache ihre Dienstwaffe wieder an sich genommen, aber vergessen, sich mit frischen Handschuhen auszurüsten. Sie öffnete den Kleiderschrank. Darin befanden sich Textilien, die vom Stil und der Konfektionsgröße her zu Janina Eger passten. Hinweise auf einen männlichen Besucher gab es nicht. Falls Arnold der Liebhaber dieser Frau gewesen war, hatte er die Nacht entweder nicht bei ihr verbracht oder es waren alle Spuren seiner Anwesenheit sorgfältig beseitigt worden. Alle Hotelgäste verfügten über einen eigenen Haustürschlüssel. Janina Eger hätte ihn also nach Mitternacht hineinschmuggeln können, ohne dass es bemerkt worden wäre. Aber warum ein solches Versteckspiel? Auch im Bad konnte Mona weder eine zweite Zahnbürste noch einen Rasierapparat entdecken. Enno setzte sich an den Schreibtisch und klappte das dort stehende Notebook auf und schaltete es ein: »Kein Passwortschutz, man glaubt es nicht! Entweder hatte die Dame nichts zu verbergen oder dieses Gerät soll uns in die Irre führen.«

Die Kommissarin wurde stutzig: »Wie kommst du denn darauf?«

Er zeigte zur anderen Seite des Doppelbetts hinüber.

»Da hinten ist ein zweites Computerkabel in die Steckdose gestöpselt. Es gehört zu einem anderen Fabrikat als dieses Notebook. Es mag ja sein, dass man ein Reservekabel mit sich führt, dann aber doch wahrscheinlich ein passendes.«

»Darüber können wir uns später den Kopf zerbrechen«, drängte Mona, »jetzt möchte ich gern die ungeschützten Inhalte sehen!«

»Dein Wunsch ist mir Befehl«, gab Enno schmunzelnd zurück. Er öffnete zunächst den Mailserver. Janina Eger schien diesen Computer ausschließlich für private Korrespondenz benutzt zu haben. Es gab Briefwechsel mit Freundinnen und Freunden, auf den ersten Blick war alles völlig unverfänglich. Der Kommissarin fiel allerdings auf, dass viele Mailadressen die britische Endung .uk aufwiesen, obwohl die Texte auf Deutsch verfasst waren.

»Janina Eger scheint mit etlichen Personen Kontakt gehabt zu haben, die in Großbritannien leben«, stellte der Oberkommissar fest.

So jemanden kenne ich auch, dachte seine Kollegin grimmig. Sie sagte: »Mach doch bitte mal den Fotoordner auf!«

Enno tat es. Dort gab es hunderte von Aufnahmen, viele davon zeigten Landschaften. Janina Eger schien eine begabte Hobbyfotografin gewesen zu sein, soweit die Kommissarin dies beurteilen konnte. Bei der Sichtung dieser Bilder konzentrierten sie und ihr Kollege sich auf diejenigen, auf denen Menschen zu sehen waren. Es gab eine ganze Serie, die in einem typisch englischen Pub aufgenommen wurden – dunkle getäfelte Wände, Reklame für *Brown Ale*, Brauerei-Handtücher anstelle von Bierdeckeln. Und man erblickte ein Dutzend fröhlicher Zecher an einem langen Tisch, auf dem ein Fähnchen aufgestellt war.

»Eine Stammtisch-Fahne!«, rief Enno. »Das ist nun allerdings typisch deutsch!«

Er zoomte näher heran. Auf dem roten Stoffwimpel waren in Weiß die Worte *German Expats London* zu sehen – offenbar eine Vereinigung von in der britischen Hauptstadt lebenden Deutschen. Die meisten Gesichter der Feiernden sagten Mona nichts. Bei einem von ihnen konnte es sich den Beschreibungen nach zu urteilen um Markus Arnold handeln. Zwei Frauen erkannte die Kommissarin sofort: Es waren Janina Eger – und ihre Freundin Kati Rolfs.

*

»Hast du etwas dagegen, wenn ich die Minibar plündere?«

Das war natürlich ein Scherz – Mona hatte nicht vor, sich am Alkohol im Kühlschrank des Hotelzimmers zu vergreifen. Obwohl sie in diesem Moment etwas Hochprozentiges durchaus hätte vertragen können. Ihre Befürchtungen waren zur Gewissheit geworden. Nicht nur, dass Kati das spätere Mordopfer kannte. Sie war es auch gewesen, die auf eine Besteigung des Leuchtturms gedrängt hatte. Aber warum? War Janina Egers Ermordung von vornherein geplant gewesen?

»Ich nehme das Notebook mit«, entschied Enno. »Die Spurensicherung soll sich morgen hier umschauen, ich werde das Zimmer gleich versiegeln. - Und wir trinken jetzt wirklich etwas, und zwar einen starken Tee auf der Wache!«

Sie warf dem erfahrenen Kriminalisten einen dankbaren Blick zu. Der Oberkommissar konnte ihre Stimmung meist sehr gut einschätzen. Er würde dazu beitragen, die Wahrheit herauszufinden – so schmerzhaft sie in diesem Fall für Mona auch sein mochte. Weitere verdächtige Gegenstände konnten die beiden nicht finden. Sie schlossen von außen ab, und Enno befestigte ein polizeiliches Siegel an der Tür.

»Das Zimmer darf nicht mehr betreten werden, das wäre eine Straftat«, sagte die Kommissarin zu Beeke. Die Rezeptionistin versprach, die Information weiterzuleiten. Auf dem Rückweg zur Polizeistation hingen Mona und Enno jeweils schweigend ihren Gedanken nach. Als die beiden in ihrem Dienstzimmer angelangt waren, sagte sie: »Auf vielen der älteren Fotos ist Janina Eger in der Frankfurter Altstadt zu sehen, vielleicht hat sie da studiert oder gearbeitet.«

Der Oberkommissar nickte. Er ließ es sich meist nicht nehmen, den Tee höchstpersönlich zuzubereiten. Seine Kollegin nahm währenddessen Kontakt mit dem Einwohnermeldeamt Frankfurt auf. Sie erfuhr, dass Janina Eger dort geboren wurde und den größten Teil ihres Lebens verbracht hatte, bevor sie sich vor drei Jahren abmeldete – vermutlich, um nach London überzusiedeln. Ihre Eltern wohnten jedenfalls noch in der hessischen Metropole. Mona rief auch beim Polizeipräsidium an und bat darum, dass ein Kollege den Egers die Todesnachricht persönlich überbrachte. Die Kommissarin wollte die Eltern nicht am Telefon mit einer solchen Hiobsbotschaft überfallen. Sie nahm sich vor, sie am nächsten Tag anzurufen, wenn sie schon informiert worden waren. Nun ließ Mona die Namen Janina Eger und Markus Arnold durch die polizeilichen Datenbanken laufen. Sie zögerte nur kurz, dann tippte sie auch *Katharina Rolfs* in die Suchmaske. Mona wollte Nägel mit Köpfen machen – doch weder ihre Freundin noch das Mordopfer waren bisher mit dem Gesetz in Konflikt geraten, zumindest nicht in Deutschland. Bei Arnold sah die Sache schon anders aus: Er war vor fünf Jahren in Bremen zu einer Bewährungsstrafe wegen Beihilfe zum Betrug verurteilt worden.

Kapitel 8

»Wir haben es mit einem ziemlich simplen Kriminalfall zu tun«, meinte Enno mit der ihm eigenen Gelassenheit. Er servierte den Tee so fachmännisch, als ob er kein Oberkommissar, sondern ein Kellner wäre. Er tat dies mit Bedacht – nicht nur, weil er Ostfriese war. Eine Teepause war der richtige Moment, um die Überlegungen zu sortieren. Auch Mona half das hiesige »Nationalgetränk« beim Denken. Seit ihrer Versetzung nach Borkum hatte sie sich die Sitte des täglichen Teetrinkens zu eigen gemacht, obwohl sie ursprünglich aus Braunschweig stammte und früher eine überzeugte »Kaffeetante« gewesen war.

Sie widersprach Ennos Behauptung: »Bisher scheint es nicht gerade einfach, diesen Mord aufzuklären. Aber du wirst schon deine Gründe für diese Einschätzung haben. Du denkst wahrscheinlich daran, dass die Anzahl von Verdächtigen überschaubar ist.«

Er nickte: »Ja, genau. Außerdem haben wir eine ziemlich genaue Vorstellung davon, wie die Mordwaffe aussieht - und dass nicht jeder x-beliebige Täter zugestochen haben kann.«

»Wegen der Anatomiekenntnisse, die Dr. Siemers vermutet? Weil der einzige Stoß gleich tödlich war?«

»Richtig, Mona. Die Tat war meiner Meinung nach raffiniert vorbereitet – der Mörder muss sich zuvor die Aussichtsplattform genau angeschaut haben. Daher wählte er kein Messer mit breiter Klinge, das er niemals durch den Maschendraht hätte schieben können. Die Tötung selbst wird nur wenige Sekunden gedauert haben. Danach ging er äußerlich seelenruhig weiter und entledigte sich in einem Moment, als die übrigen Anwesenden auf das Opfer konzentriert waren, seines Mordwerkzeugs. Danach ist er entweder auf der Plattform geblieben oder hat den Turm ohne jede Eile verlassen.«

»Warum ist das Verbrechen ausgerechnet auf Borkum geschehen?«, warf Mona ein. Und als Enno ihr einen fragenden Blick zuwarf, wurde sie konkreter: »Ich stimme dir grundsätzlich zu: Diese Bluttat war minutiös geplant. Und ob es mir gefällt oder nicht – Kati *muss* darin verwickelt sein! Sie hat mich förmlich gedrängt, schon bald nach ihrem Eintreffen den Neuen Leuchtturm zu besichtigen. Und sie kennt sowohl das Opfer als auch unseren dunkelhaarigen

Tatverdächtigen! Wir sollten sie eigentlich zur Befragung auf die Wache schleppen!«

Enno erwiderte: »Ja, aber dadurch würden wir unseren Vorteil verspielen – noch weiß Kati nicht, dass wir ihr eine Beteiligung an dem Verbrechen zutrauen. Wir sollten sie so lange wie möglich darüber im Unklaren lassen. - Lass uns zu deiner Frage zurückkommen. Die drei Personen – Markus Arnold, Janina Eger und Kati Rolfs – kennen einander, vermutlich aus London. Janina und Arnold werden von deiner Freundin erfahren haben, dass sie dich auf Borkum besuchen wollte. Es war also ein Leichtes für die beiden, sich hier vorab ebenfalls eine Unterkunft zu besorgen. Aber warum hat sich der Mord auf unserer Insel ereignet? Darüber kann man nur spekulieren.«

Mona legte den Kopf schief und schaute ihren Kollegen neugierig an: »So, wie ich dich kenne, hast du bereits eine Theorie, um dies zu erklären.«

Der Ostfriese zögerte, bevor er reagierte: »Drei Personen, mit denen wir es zu tun haben, leben bekanntlich in London. Dort sind für Mordermittlungen die Kollegen von Scotland Yard zuständig – und deren Ruf als hochkarätige Kriminalisten ist legendär. Der Mörder hat wahrscheinlich darauf spekuliert, dass hier auf Borkum bloß doofe Provinzpolizisten herumlaufen, die mit einer solchen Bluttat überfordert sind.«

»Wenn du mit deiner Einschätzung richtig liegst, dann wird zumindest meine Freundin sich das tödliche Komplott nicht ausgedacht haben. Kati sollte nämlich eigentlich wissen, dass du und ich schon ein paar spektakuläre Mordfälle aufgeklärt haben. Ich habe ihr immer mal wieder Zeitungsberichte geschickt, weil ich ehrlich gesagt ein wenig mit unseren Erfolgen angeben wollte. Und Janina dürfte den Plan ebenfalls nicht ausgeheckt haben. Sie wird wohl kaum davon ausgegangen sein, dass sie hier auf Borkum ihr Leben verliert«, vermutete die Kommissarin. Sie trank ihren Tee aus und fügte hinzu: »Grundsätzlich bin ich deiner Meinung: Kati hat es eingefädelt, dass es zu einer Begegnung mit Janina auf dem Leuchtturm kommen würde. Dass sie von einer geplanten Straftat wusste, will und kann ich noch nicht glauben. - Übrigens hat sie mir gegenüber bisher mit keiner Silbe erwähnt, dass sie mit dem Mordopfer in London einträchtig an einem Stammtisch saß. Das macht sie leider zusätzlich verdächtig.«

»Noch hattet ihr zwei nach dem Mord ja gar keine Gelegenheit für einen ausgiebigen Gedankenaustausch«, stellte der Oberkommissar klar, »und es kann durchaus möglich sein, dass deine Freundin nichts von der Mordintrige wusste. Es kommt mir sogar wahrscheinlich vor. Bisher steht nur fest, dass du und Kati auf ihre Initiative hin auf den Turm gestiegen seid.«

Seine Kollegin schenkte sich eine zweite Tasse ein. Es ging ihr jetzt schon viel besser. Indem sie gemeinsam mit dem erfahrenen Kriminalisten den Fall besprach, erschien das Rätsel nicht mehr so unlösbar. Sie sagte: »Janina Eger – Katis ‚Stammtischschwester' aus London – betritt also ebenfalls das Turmplateau. Sie ahnt vermutlich nicht, dass sie dort ihr Leben verlieren soll. Warum wollte Kati unbedingt zu der Zeit auf den Neuen Leuchtturm, als das spätere Mordopfer ebenfalls dort war? Und wo kommt Rabea Otte ins Spiel? Du glaubst doch auch nicht, dass die Kleinkriminelle zufällig in den Mord verwickelt wurde, oder?«

Er schüttelte den Kopf: »Nee, davon war ich keine Sekunde lang überzeugt. - Wir beide haben schon mehr als genug Taschendiebe verhaftet. Normalerweise schlagen sie da zu, wo sie in der Menschenmenge verschwinden können und es reichlich Fluchtwege gibt. Beides trifft auf die Aussichtsplattform eines Leuchtturms nun wirklich nicht zu. Das Gebäude gleicht einer Mausefalle. Wenn der Zugang zur Treppe versperrt wird, kann ein Krimineller von dort nicht mehr entkommen.«

Das war ein Gesichtspunkt, den die Kommissarin bisher nicht berücksichtigt hatte. Rabea Otte wollte ja angeblich eine neue Erfahrung machen, indem sie ihre Opfer auf der engen Plattform suchte. Besonders glaubhaft war diese Behauptung allerdings nicht. Taschendiebe hatten es normalerweise auf Beute abgesehen, nicht auf einen erweiterten Erfahrungshorizont. Mona dachte laut nach: »Rabea hat Janinas Zimmerschlüssel entwendet, weil sie aus dem Hotel einen bestimmten Gegenstand holen wollte – vielleicht das zweite Notebook? Aber jemand muss ihr zuvorgekommen sein, denn wir haben das Gerät nicht mehr vorgefunden. Und Rabea selbst kann es nicht geklaut haben, wann soll das denn geschehen sein?«

Der Oberkommissar hob die Hand – als ob er ein Schüler wäre, der sich zu Wort melden wollte.

»Ich bin nicht deine Lehrerin«, scherzte sie. »Falls du einen Einwand hast, dann sprich bitte frei von der Leber weg. Du musst dich nicht in die Ecke stellen, wenn du falsch liegst.«

Enno lachte und sagte: »Rabea Otte ist eine professionelle Diebin, das wissen wir. Warum sollten wir einer solchen Frau nicht zutrauen, dass sie Janina Eger zuerst unbemerkt den Zimmerschlüssel wegnimmt, dann zum Hotel rennt, um sich das Notebook zu greifen, es als Nächstes in ihr Versteck bringt ...«

Mona beendete aufgeregt seinen Satz: »Und dann heftet sie sich wieder an Janinas Fersen, um ihr den Schlüssel wieder heimlich zuzustecken? Theoretisch könnte es sich so abgespielt haben. Aber warum hatte sie dann zusätzlich die Geldbörse bei sich, wenn es nur um den Schlüssel ging?«

Der Oberkommissar zuckte mit den Achseln: »Vielleicht hat die Diebin das Portemonnaie nur aus alter Gewohnheit mitgehen lassen … oder Rabea wollte Janina auch diesen Gegenstand zurückgeben, was ja einen Sinn ergeben würde – ihr beziehungsweise ihrem Auftraggeber war es wichtig, bei dem Opfer kein Misstrauen entstehen zu lassen.«

Seine Kollegin schnippte mit den Fingern: »Und dafür muss es einen überzeugenden Grund geben. Schauen wir mal nach, was für Geheimnisse in dieser Geldbörse lauern!«

Mit diesen Worten griff sie nach dem Beweismittelbeutel, in dem sich das Portemonnaie der Toten befand. Mona streifte Latexhandschuhe über und holte es hervor. Sie begann damit, den Inhalt auf ihrem Schreibtisch auszubreiten. Auf den ersten Blick erschien das Sammelsurium unverfänglich: mehrere Geldscheine, eine Kreditkarte, ein altes Passfoto, eine Bankkarte sowie eine Krankenkassenkarte, ausgestellt auf Janina Eger. Doch letztere erregte das Misstrauen der Kommissarin. Mona kniff die Augen zusammen und schaute sich den Kunststoffausweis genauer an.

»Ist dir etwas aufgefallen?«, fragte ihr Kollege, wobei er seine Brille aufsetzte. Sie erwiderte: »Allerdings! Wir sind hier nicht bei der Rechtschreib-Polizei – trotzdem halte ich es schon für einen ziemlichen *Fauxpas*, dass eine Frankfurter Krankenkasse den Ortsnamen mit O schreibt: *Fronkfurt*. Ich wette, dass es sich um eine Fälschung handelt.«

»Warum sollte jemand eine Krankenkassenkarte nachmachen – außer, um sie selbst zu benutzen?«, wunderte Enno sich. »Es steht doch Janinas Name auf dem Dokument, oder?«

»Ja, und ihr Passfoto ist auch vorhanden. Ein Unberechtigter kann sich mit dieser Karte keine Arztbehandlung erschleichen. Dennoch muss es einen Grund dafür geben, dass vermutlich im *Darknet* diese miese Fälschung bestellt wurde – bei einem Kriminellen, der noch nie etwas von der hessischen Metropole gehört hat. Die Kriminaltechniker in Oldenburg werden schon herausfinden, was es damit auf sich hat.«

»Besteht nicht die Gefahr, dass die Fälschung auffliegt, falls die Frau tatsächlich mal zum Arzt muss?«, gab Enno zu bedenken.

»Sie wohnte ja in London, da konnte sie mit ihrer deutschen Krankenkassenkarte sowieso nichts anfangen«, erwiderte Mona und erklärte: »In Großbritannien gibt es dieses staatliche Gesundheitssystem NHS. Wahrscheinlich hatte sie ihre heimatliche Kassenkarte nur aus Gewohnheit dabei.«

»Also sollte Janina Eger diese falsche anstelle ihrer echten Karte untergejubelt werden, nachdem ihr zweites Notebook geklaut wurde«, stellte der Oberkommissar fest und fügte hinzu: »Aber warum so ein großer Aufwand, wenn sie sowieso sterben sollte?«

»Weil es sich vielleicht doch um zwei voneinander unabhängige Verbrechen handelt«, vermutete Mona, »ich stelle es mir so vor, dass Person A die Taschendiebin mit dem Notebook und der falschen Chipkarte beauftragte, während Person B es von vornherein darauf abgesehen hatte, Janina Eger zu töten.«

Der Oberkommissar schlug eine neue Seite in seinem Notizbuch auf: »Unser nächster Schritt sollte sein, die Taschendiebin morgen früh noch einmal ins Gebet zu nehmen, bevor sie aufs Festland geschafft wird. Sie muss ihr Versteck preisgeben. Dort wird sich das zweite Notebook befinden. Wenn wir es geschickt anstellen, wird sie sogar ihren Auftraggeber verpfeifen. So etwas wie Ganovenehre gibt es nicht. Sie muss kapieren, dass sie nur unnötig für jemand anderen den Kopf hinhält und sich selbst damit keinen Gefallen tut.«

Dies war der Kommissarin natürlich auch bewusst.

»Ich treffe mich heute Abend noch mit Kati, wie du weißt«, erinnerte Mona, »und ich habe keinen blassen Schimmer, wie ich mich ihr gegenüber verhalten soll. Ich möchte unsere Ermittlung nicht gefährden.«

»Als deine Freundin sollte sie wissen, dass du über laufende polizeiliche Untersuchungen mit Außenstehenden nicht sprechen darfst«, sagte Enno. Er fuhr fort: »Ist Kati bekannt, dass Janina Fotos von ihren Stammtischtreffen auf ihrem Computer hatte – und wird sie sich zusammenreimen, dass wir diese gesehen haben? Wir wissen es nicht. Ich vertraue auf dein Fingerspitzengefühl. Sie sollte jedenfalls nicht das Gefühl bekommen, dass wir misstrauisch geworden sind.«

»Kati ist nicht dumm. Wir kennen einander seit der Schulzeit. Ich fürchte, dass sie mich durchschaut«, gab Mona zweifelnd zu bedenken. Ihr Kollege schüttelte den Kopf: »Du hast schon bewiesen, dass du sehr überzeugend in eine *Undercover*-Rolle schlüpfen kannst. Und diesmal spielst du eben eine unbedarfte Polizistin, die keinesfalls Lunte riecht.«

»Sehr lustig«, erwiderte die Kommissarin mit einem schiefen Grinsen. Aber sie wusste es zu schätzen, dass ihr Kollege offenbar grenzenloses Vertrauen in ihre Fähigkeiten hatte.

*

Nach der Besprechung mit Enno war für die Kommissarin noch genug Zeit für eine Dusche und einen Garderobenwechsel in ihrer Wohnung. Mona musterte sich selbstkritisch vor ihrem großen Wandspiegel. Während sie in ein bunt bedrucktes Sommerkleid schlüpfte und sich eine Bernsteinkette um den Hals legte, dachte sie über Kati nach. Und je länger sie das tat, desto fremder kam sie ihr vor. Der Kommissarin erkannte, wie wenig sie über das Leben ihrer Freundin in London überhaupt wusste. Gewiss, vor einigen Monaten hatte Mona Kati in der britischen Hauptstadt besucht. Doch ihre Freundin musste während dieser Zeit arbeiten, so dass Mona meist allein auf Entdeckungstour gegangen war – *Tower Bridge*, *Buckingham Palace*, *Piccadilly Circus* – und natürlich die unzähligen Clubs von Soho. Falls Kati wirklich etwas mit krummen Touren zu schaffen hatte, würde sie dies vor ihrer Polizeifreundin gewiss verheimlicht haben. Mona war von Katis gestyltem Apartment in den *Docklands* beeindruckt gewesen. Angesichts der horrenden Londoner Mietpreise konnte die Ermittlerin es kaum glauben, dass Kati sich diese Wohnung mit Blick auf die Themse und Fitnessstudio im Keller leisten konnte. Ihre Freundin hatte nie verraten, wie viel sie bei ihrem Job verdiente. Gab es eine einträgliche illegale Nebeneinnahme, die Kati Mona verschwiegen hatte? Geld war immer ein starkes Motiv, um kriminell zu werden.

Die Kommissarin schwang sich auf ihr Fahrrad und kehrte von der Walfangerstrate ins Borkumer Zentrum zurück. Sie hielt einen Moment lang inne und lehnte sich gegen die steinerne Brüstung an der Jann-Berghaus-Straße. Im August war es gegen 20 Uhr noch hell, und die tief stehende Sonne zauberte silbriges Licht auf die Schaumkronen der Wellen. Mona stellte ihr Fahrrad vor dem *Hotel Teutonia* ab. Als sie das Gebäude betrat, wartete Kati bereits in der Lobby auf sie. *Weil sie nicht will, dass ich einen Blick in ihr Zimmer werfe?* Diese Überlegung schoss der Kommissarin sofort durch den Kopf. Doch sie durfte sich ihr Misstrauen nicht anmerken lassen. Also setzte Mona ein Lächeln auf, von dem sie hoffte, dass Kati seine Falschheit nicht erkennen würde. Auch ihre Freundin hatte sich in Schale geworfen – sie trug ein zweifarbiges Etuikleid aus der Kollektion eines japanischen Designers. Die beiden begrüßten einander mit einer Umarmung.

»Wie geht es dir?«, fragte Mona. »Es muss ein Schock für dich gewesen sein, was heute geschehen ist.«

»Das kann man wohl sagen«, gab Kati mit einem dramatisch wirkenden Seufzer zurück. »Die ganze Insel scheint von nichts anderem mehr zu sprechen.«

Mona wusste aus Erfahrung, dass sich Neuigkeiten über Gewaltverbrechen mit beachtlicher Geschwindigkeit verbreiteten. In der Hotelhalle herrschte ein wenig Unruhe, aber Mona wollte sowieso nicht im *Teutoni*a bleiben. Die Kommissarin hakte ihre Freundin unter: »Lass uns hinunter zur Promenade gehen, ich brauche jetzt dringend etwas Alkoholisches!«

Die beiden verließen das Hotel und gingen auf einer der breiten Steintreppen zu der beliebten Flaniermeile Borkums, die sich links und rechts von der Musikkuppel erstreckte. Und an einem so schönen Sommerabend war natürlich auch Livemusik zu hören. Fröhlicher Sommerpop zauberte zusammen mit dem Licht und dem Meeresrauschen eine entspannte Atmosphäre, die jeden Gedanken an Mord und Totschlag für den Moment vergessen ließ. Der Außenbereich von *Ria's Beach* war genauso gut besucht wie die anderen Lokale auf der Promenade. Trotzdem gelang es den Freundinnen, noch einen leeren Tisch zu entdecken. Sie bestellten sich Cocktails. Kati hatte ihren Stuhl so verschoben, dass sie an Mona vorbei auf die Musikkuppel und den dahinter liegenden Strand sowie die Nordsee blicken konnte. Hatte sie dies nur getan, um die Aussicht zu genießen? Oder – weil sie einen Verfolger rechtzeitig erkennen wollte? Mona hob ihr Glas: »Ich trinke auf einen schönen Abend – lass uns die Sorgen vergessen.«

Kati stieß mit ihr an: »Ja, wenn das immer so einfach wäre.«

Sie wirkte nun ein wenig melancholisch. Mona hoffte, dass Katis Fassade bröckelte und sie sich ihr öffnen würde. Selbst wenn sie Mist gebaut hatte – durch ein umfassendes Geständnis konnte sie ihre Lage immer noch verbessern. Mona empfand viel für Kati. Eine so langjährige Freundschaft warf man nicht einfach weg.

»Du weißt, dass du mit mir über alles reden kannst, oder?«

Mit dieser Frage wollte die Kommissarin ihrer Freundin eine goldene Brücke bauen. Aber noch schien Kati nicht so weit zu sein. Das Dauerlächeln auf ihren Lippen wirkte angespannt. *Wahrscheinlich sind ihre Wangenmuskeln schon völlig verkrampft,* dachte Mona.

»Mir geht es gut«, behauptete Kati, obwohl ihre Körpersprache etwas anderes sagte. »Mich würde nur interessieren, ob ihr den Mörder schon verhaftet habt.«

Sie gab diese Worte so beiläufig wie möglich von sich, aber für Mona stand fest, dass Kati es unbedingt erfahren wollte.

»Du weißt, dass ich mit dir über laufende Ermittlungen nicht sprechen darf«, erwiderte sie. Dann tat sie so, als ob sie das Thema wechseln wollte: »Lass uns doch über etwas Interessanteres sprechen – über Männer beispielsweise!«

Es ging Mona natürlich nicht um eine unverfängliche Plauderei. Sie hatte überlegt, auf welche Art ihre Freundin auf die schiefe Bahn geraten sein konnte. Kati war eigentlich eine gradlinige und zuverlässige Frau. Zumindest hatte Mona dies bisher immer angenommen. Doch auch so ein Mensch konnte durch bestimmte Ereignisse vom Weg abkommen. Und außer Geld gab es noch ein anderes Motiv für ein Abrutschen ins Verbrechen – nämlich Liebe, allerdings in einer zerstörerischen Variante. Mona kannte den Ex ihrer Freundin nur aus ihren Erzählungen. Falls diese Geschichten einen wahren Kern enthielten, dann war James eine ziemliche Schlaftablette. Vielleicht wollte Monas Freundin ja stattdessen einem *Bad Boy* eine Chance geben? Kati wäre nicht die erste Frau gewesen, die durch ihr Verhältnis zu einem zwielichtigen Kerl ihre bürgerliche Existenz aufs Spiel gesetzt hätte. Momentan war dies allerdings reine Spekulation. Und doch sah es so aus, als ob ihre Freundin auf die veränderte Gesprächsrichtung eingehen wollte. Kati trank schnell noch einen großen Schluck von ihrem bunten Cocktail und fragte: »Läuft es nicht mehr so rund zwischen dir und deinem Jan? Bist du wieder auf der Suche nach *Mr. Right*?«

»Nee, bei uns ist alles in Butter«, versicherte die Kommissarin. »Mein Herzbube ist wohl der Einzige auf Borkum, der es dauerhaft mit einer Kratzbürste wie mir aushält. Wahrscheinlich liegt es daran, dass er als Kneipenwirt öfter mit anstrengenden Zeitgenossen zu tun hat. Mein Freund und ich sind ein Herz und eine Seele. Falls ich Jan jemals heiraten sollte, wirst du meine Trauzeugin, einverstanden?! Und meinen Kollegen Enno liebe ich ebenfalls, wenn auch rein platonisch. Ich kann mich also nicht beklagen, was mein Gefühlsleben angeht. - Aber was ist mit dir? Als ich dich in London besucht habe, schienst du über deinen Verflossenen James hinweggekommen zu sein. Streckst du deine Fühler erneut aus?«

Kati beantwortete Monas Frage nicht. Stattdessen zuckte sie zusammen, als ob sie eine Ohrfeige bekommen hätte. Dann stand sie abrupt auf.

»Ich muss mir kurz die Nase pudern.«

Diesen Satz ließ Kati fallen, bevor sie im Inneren von *Ria's Beach* verschwand. Mona schaute ihrer Freundin irritiert nach. Warum reagierte Kati so ausweichend und schroff? Hatte sie einen wunden Punkt angesprochen? Ob Mona ihr folgen sollte? Nein, das würde zu penetrant wirken. Kati durfte nicht den Eindruck gewinnen, dass die Ermittlerin sie auf Biegen und Brechen aushorchen und unter Kontrolle behalten wollte.

Die Kommissarin ließ ihre Blicke über die vorbeiflanierenden Badegäste schweifen. Ob Kati jemanden gesehen hatte, der ihr Angst einjagte – beispielsweise Markus Arnold? Mona kannte sein Gesicht – sie hatte sich die erkennungsdienstlichen Fotos ausgedruckt, die von ihm nach seiner Verurteilung wegen Beihilfe zum Betrug angefertigt worden waren. Sie konnte in der unmittelbaren Umgebung jedoch niemanden entdecken, der ihm ähnelte. Aber das musste nichts bedeuten. Falls es sich bei Arnold wirklich um den Mörder von Janina Eger handelte, dann hatte er seine Raffinesse und Durchtriebenheit schon hinlänglich bewiesen. Ob ihm bekannt war, dass Katis Freundin bei der Polizei arbeitete? Damit musste Mona zumindest rechnen.

Die Band in der Musikkuppel stimmte ein neues Lied an, nachdem das vorherige Stück mit einem großen Applaus von allen Leuten in Hörweite bedacht worden war. Es herrschte eine gelöste und heitere Stimmung. Auch die Kommissarin klatschte in die Hände, war aber nicht so recht bei der Sache. Es war jetzt schon der dritte Song, seit Kati sich zur Toilette begeben hatte. Ihre Handtasche führte sie mit sich, aber das fand Mona nicht ungewöhnlich. Trotzdem verstärkte sich ihre Befürchtung, dass etwas schiefgegangen sein konnte. Im Lauf der Jahre vertraute sie immer stärker auf ihr Bauchgefühl, was sich schon oft als hilfreich herausgestellt hatte. Mona hatte ihre Pistole nicht dabei, aber sie konnte sich natürlich auch ohne Waffe verteidigen. Vielleicht benötigte Kati in diesem Moment ihren Beistand, während sie die Musik genoss und der Cocktail ihr allmählich zu Kopf stieg. Sie beschloss, nach dem Rechten zu schauen. Daher schnappte sie sich ihre eigene Handtasche und begab sich zu den Waschräumen. Dort waren nur zwei Kabinen besetzt. Wenig später kamen die Frauen heraus. Die eine war schätzungsweise mindestens siebzig Jahre alt, die andere litt unter einem schlimmen Sonnenbrand. Von Kati fehlte jede Spur. Monas innerliche Alarmsirenen schrillten. Sie zeigte den beiden Frauen auf ihrem Smartphone ein Foto von Kati: »Haben Sie meine Freundin gesehen?«

Die beiden verneinten und warfen der Kommissarin irritierte Blicke zu. Das war Mona egal. Sie stürmte hinaus und durchsuchte systematisch das gesamte Lokal, im Innen- und Außenbereich. Natürlich fragte sie auch das Personal. Eine Bedienung konnte sich erinnern, dass Kati Richtung Toilette gegangen war. Aber ob sie dieses Ziel erreicht hatte, wusste die Kellnerin nicht. Das war nur allzu verständlich, denn die Bestellungen durstiger Gäste kamen an diesem Sommerabend im Minutentakt.

Mona lief trotz der angenehmen Wärme ein eiskalter Schauer über den Rücken. Sie verließ *Ria's Beach* und atmete erst einmal tief durch. Ihre Handflächen waren schweißnass, als sie Enno anrief: »Entschuldige, dass ich deinen Feierabend ruiniere – aber Kati ist weg!«

Kapitel 9

Ennos tiefe Stimme wirkte auf seine Kollegin normalerweise beruhigend. Doch diesmal verfehlten seine Worte diese Wirkung.

»Hast du schon versucht, sie anzurufen?«

»Das kann ich gleich noch machen – aber wenn sie angeblich zur Toilette wollte und nicht zurückkommt, dann ist sie entweder geflohen oder gekidnappt worden«, rief Mona aufgeregt.

»Es war richtig, dass du mich alarmiert hast«, gab er zurück. »Ich bin so schnell wie möglich bei dir. - Befindest du dich auf der Promenade? Die Hintergrundgeräusche klingen jedenfalls danach.«

»Ja, wir haben in *Ria's Beach* etwas getrunken, bis sie sich aus dem Staub gemacht hat … vielleicht ist Kati ja die nächste Leiche!«

Das war Monas größte Befürchtung – dass ihre Freundin starb, ohne dass sie es verhindern konnte. Sie musste ihrem Kollegen nichts vorspielen, er durchschaute sie sowieso. Die beiden konnten absolut ehrlich zueinander sein, das hatte sich bei ihrer jahrelangen Zusammenarbeit immer stärker herauskristallisiert.

»Mach dich nicht selbst verrückt«, sagte Enno. Der Oberkommissar konnte sehr nachdrücklich sein, wenn es notwendig war. Er fügte hinzu: »Wir beraten uns gleich, dann sehen wir weiter.«

Mit diesen Worten beendete er das Telefonat. Natürlich versuchte Mona nun, mit Kati Kontakt aufzunehmen. Doch ihr Smartphone war ausgeschaltet, wie die Kommissarin es bereits befürchtet hatte. Natürlich – wenn eine Person nicht gefunden werden sollte, musste als Erstes das Mobiltelefon unbrauchbar gemacht werden. War Kati von sich aus abgehauen oder wurde sie verschleppt? Aus Monas Sicht waren beide Varianten absolut plausibel. Natürlich gestaltete es sich schwierig, mitten auf einer belebten Promenade einen Menschenraub zu begehen. Aber wer abgebrüht genug war, eine Frau auf einer Leuchtturm-Plattform zu ermorden, dem konnte man auch eine solche Tat zutrauen. Immerhin kannten die Polizisten Arnolds Ferienadresse – aber der Verdächtige würde wohl kaum eine Geisel in sein Pensionszimmer verschleppen.

Vorausgesetzt, dass Kati überhaupt noch lebt. Die Kommissarin wurde wütend auf sich selbst, als ihr dieser Gedanke schon wieder durch den Kopf schoss. Eigentlich hatte sie von Enno gelernt, sich nicht durch Schwarzmalerei kirre machen zu lassen. Es gab noch keinen Hinweis auf einen zweiten Mord. Wenn sie nervös wurde und ihr analytischer Scharfsinn darunter litt, dann profitierte davon nur eine Person – nämlich ihr Widersacher. Die Kommissarin wollte die Zeit bis zu Ennos Eintreffen nicht ungenutzt verstreichen lassen. Sie zog ihren Dienstausweis aus der Handtasche und begann damit, den anderen Gästen in *Ria's Beach* das Foto von Kati zu zeigen.

»Haben Sie diese Frau gesehen?«

Die meisten Zeugen fanden es aufregend, anlässlich einer polizeilichen Maßnahme befragt zu werden. Einige glaubten zunächst an einen Scherz, doch ein Blick in Monas Gesicht belehrte sie eines Besseren. Die meisten Anwesenden konnten ihr nicht weiterhelfen, worüber die Kommissarin sich nicht wirklich wunderte. Wer an einem schönen Sommerabend auf der Borkumer Promenade saß, achtete auf die Musik und seine Begleitung, auf sein Getränk und auf den sich allmählich ankündigenden Sonnenuntergang – aber ganz gewiss nicht auf eine ihm unbekannte junge Frau. Doch eine ältere Frau mit Strohhut hatte etwas bemerkt: »Ja, sie ist mit ihrem Freund weggegangen. Die beiden schienen sehr vertraut miteinander zu sein.«

Monas Pulsschlag beschleunigte sich noch weiter.

»Können Sie den Mann genauer beschreiben?«

»Er ist groß und dunkelhaarig, mehr weiß ich nicht. Ein hübscher Bursche, wenn Sie mich fragen. Die beiden sind ja nur kurz an mir vorbeigegangen, ich wollte ihnen nicht neugierig nachstarren.«

»Und wohin sind sie verschwunden?«, hakte die Ermittlerin nach. Die Zeugin deutete nach links. Mona bedankte sich und überlegte kurz: Inzwischen hatten Arnold und Kati einen Vorsprung von ungefähr zehn Minuten. Das war zwar kein großer Zeitraum – aber Mona wusste nicht, wohin sie sich wenden würden. Von der Promenade aus erreichte man in Kürze den Inselbahnhof. Dort standen stets Taxis, mit denen man jeden Punkt auf der Insel im Handumdrehen erreichen konnte. Und dann stellte sich noch eine viel wichtigere Frage: Hatte der Verdächtige ihre Freundin gezwungen oder war sie freiwillig mit ihm gegangen? Ob Arnold die beiden Freundinnen die ganze Zeit über im Blickfeld gehabt hatte? Die Kommissarin glaubte jedenfalls nicht an Zufälle. Wenig später erschien Enno, wie sie erleichtert feststellte. Mona legte Geld für die Cocktails auf den Tisch und ging zusammen mit ihrem Kollegin in die Richtung, die ihr von der Strohhut-Dame gewiesen worden war. Enno griff zum Smartphone: »Per Schiff können die beiden die Insel heute nicht mehr verlassen, die letzten Fähren des Tages haben schon abgelegt. Und Linienflüge werden auch nicht mehr erwartet. Ich rufe sicherheitshalber den Flugplatz an, falls noch eine Chartermaschine erscheint.«

Das Gespräch dauerte nur kurz. Er steckte das Gerät wieder weg: »Wir werden informiert, falls sich am Himmel etwas tut. Aber ich gehe davon aus, dass es sich um eine spontane Aktion handelt. Und ein Charterflugzeug kann man nicht einfach heranwinken wie ein Taxi in einer Großstadt.«

Mona breitete die Arme aus, eine hilflos wirkende Geste: »Ich habe keinen blassen Schimmer, ob Kati unser Treffen zwangsweise abgebrochen hat oder freiwillig verschwunden ist. Laut einer Zeugenaussage ist sie in Begleitung eines Mannes, bei dem es sich um Arnold handeln dürfte. Die Beschreibung passt jedenfalls.«

»Ich halte das für ein gutes Zeichen«, meinte der Oberkommissar. »Wenn er Kati hätte töten wollen, dann wäre dies bereits geschehen. Der Verdächtige kennt ja offenbar keine Hemmungen, in Gegenwart von Zeugen zuzustechen – wie er es auf dem Leuchtturm getan hat.«

»Ja, da stimmt – vor allem, falls meine Freundin wirklich mit ihm unter einer Decke steckt«, gab sie gallig zurück.

»Erzähle mir doch einfach, wie der Abend bisher verlaufen ist«, schlug Enno vor. Mona berichtete von dem Treffen und fügte hinzu: »Als ich das Gespräch auf Männer und Beziehungen lenken wollte, reagierte Kati seltsam. Es kam mir so vor, als ob sie dem Thema ausweichen wollte. Ob Arnold ihre neue Flamme ist? Aber wozu dann der Mord an Janina Eger, noch dazu praktisch in Katis Gegenwart?«

»Wir wissen bisher nur, dass die drei einander kennen oder kannten«, erinnerte ihr Kollege, »aber nicht, in welchem Verhältnis sie zueinander stehen.«

Während die Kommissare miteinander sprachen, gingen sie die Promenade entlang. Bald hatten sie den Bereich verlassen, wo sich die Musikkuppel sowie etliche Lokale und Shops befanden. Außerhalb dieses zentralen Bereichs war die Flaniermeile deutlich weniger belebt. Und dann erblickte Mona etwas, das ihr überhaupt nicht gefiel. Aus einem der vielen Abfallbehälter ragte ein Gegenstand hervor, der ihr bekannt vorkam. Sie machte ein paar schnelle Schritte in die Richtung – und aus ihrer Befürchtung wurde

Gewissheit: Katis Handtasche war entsorgt worden, mitsamt dem Inhalt!

Die Kommissarin zog die Augenbrauen zusammen: »Portemonnaie, Kreditkarte, Smartphone, Lippenstift, Schlüssel, Puderdose – hier fehlt wirklich überhaupt nichts! Enno, keiner Frau würde es gefallen, wenn man ihre ganzen Besitztümer in den Mülleimer stopft. Ganz abgesehen davon, dass diese Handtasche ein teures Designerstück ist!«

»Darauf wird Arnold keine Rücksicht genommen haben«, vermutete der Ostfriese und fuhr fort: »Natürlich kann der Täter die Tasche einfach nur weggeworfen haben, um deine Freundin zu quälen. Aber so schätze ich ihn nicht ein. Bisher hat er kühl und emotionslos gehandelt. Meiner Ansicht nach hat er sich der Handtasche entledigt, weil er davon ausging, dass Kati mithilfe von irgendeinem Gegenstand darin zu orten ist.«

Die Kommissarin dachte über seine Worte nach. Ob Enno mit seiner Einschätzung richtig lag? Sie wusste jedenfalls nicht, ob sie dies für ein gutes oder ein schlechtes Zeichen halten sollte. Sie versuchte, sich in den Täter hineinzuversetzen.

»Warum hätte Arnold befürchten müssen, dass er schnell lokalisiert werden kann?«, dachte sie laut nach und beantwortete ihre Frage selbst: »Er weiß, dass ich Polizistin bin. Er hat sich überlegt, dass wir ihn mithilfe von Kati in eine Falle locken wollen.«

Der Oberkommissar sagte: »Deine Freundin weiß wahrscheinlich Einiges über den Verdächtigen. Bisher konntest du von ihr noch keine Informationen über Arnold bekommen, richtig? Das kann *er* aber nicht wissen. Indem er Kati in seine Gewalt gebracht hat, schlägt er zwei Fliegen mit einer Klappe. Er hat nicht nur ein Druckmittel uns gegenüber, sondern verhindert auch, dass wir etwas über die Vorgeschichte der Bluttat erfahren.«

»Also kennt Kati deiner Meinung nach das Mordmotiv?«

Enno nickte langsam: »Ja, das halte ich für sehr gut möglich – immer unter der Voraussetzung, dass es eine Verbindung zwischen ihr, Arnold und Janina Eger gibt. Momentan sieht es ganz danach aus.«

»Arnold muss meine Freundin und mich beobachtet haben, seit wir vom *Hotel Teutonia* zu *Ria's Beach* gegangen sind«, überlegte die Kommissarin. »Er wird jedenfalls nicht zufällig vorbeigekommen sein, als Kati gerade spontan unseren Tisch verließ. Arnold hat diese

Gelegenheit genutzt, um sich ihr zu nähern. Dann haben die beiden das Lokal verlassen, ohne dass ich es bemerkt hätte. Normalerweise spüre ich, wenn Unheil naht. Aber diesmal hat mich mein sechster Sinn im Stich gelassen.«

»Mach dir deshalb keine Vorwürfe«, riet Enno, »diese Entwicklung konnte man nicht voraussehen. - Wollen wir als Nächstes zum Inselbahnhof gehen? Dort könnten die beiden ein Taxi genommen haben. Außerdem rufe ich im *Hotel Teutonia* an. Die Rezeption dort ist rund um die Uhr besetzt. Ich glaube zwar nicht, dass sie zu ihrem Hotelzimmer zurückkehrt, aber man weiß ja nie.«

Der Oberkommissar telefonierte mit Dirk Cordsen persönlich. Der Hotelier beteuerte, seine Mitarbeiter entsprechend zu instruieren. Auf ihn konnte man sich verlassen, trotz seiner chronischen Nervosität.

Mona versuchte, die nächsten Schritte des Verbrechers vorauszusehen.

»Arnold kennt sich auf Borkum wahrscheinlich nicht gut aus«, dachte sie laut nach, »aber um den Mord auf diese Art durchführen zu können, musste er einige Dinge in Erfahrung bringen – zum Beispiel die Beschaffenheit der Aussichtsplattform und die passende Größe der Mordwaffe.«

»Mir ist nicht ganz klar, worauf du hinauswillst«, gestand Enno.

»Ich halte Arnold für einen Mann, der nichts dem Zufall überlässt«, sagte sie. »Wir sollten damit rechnen, dass er Katis Entführung bereits länger plante. Er könnte die Tat einfach nur vorgezogen haben, weil die Gelegenheit heute so günstig war.«

Während die Kommissare miteinander sprachen, eilten sie Richtung Inselbahnhof. Es wäre keine Zeitersparnis gewesen, erst den Dienstwagen zu holen. Am Taxistand trafen sie auf den bärtigen Hauke und den langen Ubbo, zwei alteingesessene Borkumer Taxikutscher. Mona hatte die erkennungsdienstlichen Fotos von Arnold und natürlich Aufnahmen von Kati bei sich. Die Chauffeure hatten berufsbedingt ein gutes Personengedächtnis. Hauke musste nicht lange überlegen: »Klar, die beiden habe ich gerade eben erst gefahren, bin vor ein paar Minuten zurückgekommen. Stimmt doch, Ubbo?«

Sein Kollege nickte, er war keine Plaudertasche.

»Wie lautete denn das Fahrtziel?«, wollte Mona wissen.

»Zum Waldlehrpfad.«

Die Kommissarin schaute den Taxifahrer so empört an, als ob er eine zweideutige Bemerkung gemacht hätte. Er fügte schnell hinzu: »Ich fand das Fahrtziel ja auch seltsam, Mona. Aber in meiner Branche ist der Kunde König, wie man so schön sagt. Meiner Meinung nach war die Frau in ihrem engen Etuikleid auch nicht gerade passend angezogen, um Flora und Fauna unserer Insel kennenzulernen. Aber ich fragte nicht nach, sondern brachte sie einfach dorthin.«

»Wie wirkte das Paar auf dich?«, fragte Enno. »Verstanden sie sich gut miteinander oder herrschte dicke Luft zwischen ihnen?«

»Weder noch«, gab Hauke zurück. »Die beiden saßen auf der Rückbank nebeneinander und schwiegen. Sie kamen mir nicht wie Verliebte vor, eher wie Arbeitskollegen.«

Diese Aussage beruhigte Mona, so seltsam sich dies auch anhören mochte. Sie hatte nämlich bereits befürchtet, dass ihre Freundin sich Hals über Kopf in einen Mörder verknallt hätte. Es gab immer wieder Frauen, die auf solche Kerle hereinfielen. Manche Killer, die ihre lebenslängliche Strafe absaßen, bekamen sogar Liebesbriefe von ihnen völlig unbekannten »Verehrerinnen«. Für Kati war es gewiss schlimm genug, sich in der Gewalt eines Kriminellen zu befinden. Aber nach Ansicht der Kommissarin wäre es viel übler gewesen, wenn Kati Gefühle für Arnold entwickelt hätte. Denn dann wäre ihr wahrscheinlich gar nicht bewusst gewesen, in welcher Gefahr sie sich befand. Die Ermittler bedankten sich bei Hauke und Ubbo, bevor sie zur nahegelegenen Wache liefen. Mit dem Auto benötigte man von der Polizeistation bis zum Waldlehrpfad sechs Minuten, wenn man über Barbaraweg und Ostfriesenstraße fuhr.

Die beiden stiegen in ihren Dienstwagen ohne Polizeimarkierung, Enno startete den Motor. Mona legte den Sicherheitsgurt an und murmelte: »Ich frage mich, was dieser Mistkerl im Schild führt. Waldlehrpfad? Ich wette, dass die meisten Touristen auf Borkum noch nie etwas davon gehört haben.«

»Wenn man gern am Strand liegt und ansonsten Seehunde auf der Sandbank beobachtet, dann ist diese Seite unserer Insel uninteressant«, meinte der Oberkommissar, »übrigens muss man kein Dauerurlauber sein, um über den Waldlehrpfad Bescheid zu wissen. Er wird in jedem Reiseführer erwähnt.«

Es gab auf einer beliebten Ferieninsel wie Borkum selbst in der Hauptsaison ruhige Ecken, und der Anfang des Waldlehrpfads zählte zweifellos dazu. Auf der nahen Ostfriesenstraße und dem Barbaraweg fand auf dieser Höhe kaum Durchgangsverkehr statt, die nächste Wohnbebauung war weiter entfernt. In Sichtweite erblickte Mona nur einen Altglascontainer. In der Nähe gelangte man zu dem mit Gehölz umgebenen Seerosenteich, wo die Kommissare schon mal einen Mordfall hatten lösen müssen. Der Oberkommissar parkte hinter der Kurve, die beiden stiegen aus.

»Wir sind hier am Ende der Welt«, sagte Mona. Ihr Kollege schüttelte den Kopf: »Nee, das ist im Ostland. Dahinter kommt nur noch Juist. - Scherz beiseite. Lass uns nachschauen, was Arnold hier will.«

Noch war genügend Tageslicht vorhanden, so dass die beiden einen guten Überblick behielten. Sie arbeiteten sich langsam vor, wobei sie ihre Umgebung im Auge behielten. Die unübersichtliche Bewaldung bot sich für einen Hinterhalt geradezu an. Im Waldlehrpfad konnten interessierte Inselbesucher die einzelnen Bäume Borkums betrachten. Die Kommissare hatten ihre Waffen noch nicht gezogen. Es war immerhin möglich, dass sie harmlosen Urlaubern begegneten und diese zu Tode erschreckten. Mona sog die erdige Luft in ihre Lungen. Normalerweise liebte sie die Atmosphäre unter dem Blätterdach, das Rauschen des Windes in den Wipfeln und die geheimnisvollen Geräusche von Kleintieren im Unterholz. Aber momentan wurde sie von einer Vorahnung drohenden Unheils geplagt. Und sie hatte sich nicht getäuscht, wie wenige Meter weiter deutlich wurde. Im Geäst eines Baumes hing ein teures Etuikleid, das ihr nur allzu bekannt war. Kati hatte es getragen. Außer dieser Textilie hing auch noch ihre Unterwäsche in den Zweigen. Und im Gebüsch fanden die Ermittler die Schuhe ihrer Freundin. Monas Augen wurden feucht: »Dieser elende Dreckskerl! Was hat er nur ...«

Enno legte seine schwere Hand auf ihre Schulter.

»Das sieht schlimmer aus, als es ist.« Er betonte jedes Wort, während er fortfuhr: »Sieh dir die Kleider an. Sie sind ordentlich aufgehängt, fast wie im Schrank. Denkst du an ein Sexualverbrechen? Ich nicht. Schau dir den Slip und BH an – keine Zeichen von Gewalt, die Textilien wurden ihr nicht vom Leib gerissen. Und Kampfspuren gibt es hier auch nicht.«

Der erfahrene Kriminalist hatte recht, wie sie bei genauerem Nachdenken erkannte. Kati hätte sich gewehrt, wenn Arnold ihr zu nahe gekommen wäre. Aber wenn er sie nun mit einer Waffe bedroht hatte …? Die Stimme ihres Kollegen riss sie aus ihren Grübeleien: »Mona, erinnerst du dich an deine eigenen Worte? ‚Arnold ist ein Mann, der nichts dem Zufall überlässt'. Und damit dürftest du vollkommen richtig liegen. Ich glaube nicht, dass er mit einer nackten Frau quer über die Insel läuft. Das wäre viel zu auffällig, außer am FKK-Strand. Meiner Meinung nach wird er hier irgendwo im Gebüsch Kleidung zum Wechseln für Kati bereitgelegt haben. Du hast doch auch vermutet, dass er Katis Entführung schon länger geplant hat.«

Die Kommissarin blieb skeptisch: »Ich könnte ja vielleicht noch nachvollziehen, dass der Verdächtige ihre Handtasche verschwinden lässt – aber warum zwingt er sie zu einem kompletten Garderobenwechsel?«

»Weil Arnold ein Perfektionist ist«, vermutete er, »und außerdem hat er vielleicht zu viele James-Bond-Filme gesehen. Möglicherweise geht er davon aus, dass deine Freundin einen Peilsender im Schlüpfergummi hat. Dieser Kerl plant seine Aktionen höchst akribisch, und genau dadurch spielt er uns in die Karten.«

»Jetzt bin ich diejenige, die auf dem Schlauch steht«, musste Mona zugeben. Enno sagte: »Das Leben funktioniert eben nicht wie ein Schachspiel. Es gibt zu viele Faktoren, auf die man keinen Einfluss hat und die sich nicht vorhersehen lassen. - Wenn wir verstehen, was für Absichten Arnold verfolgt, dann können wir ihn austricksen, ihm den Mord nachweisen und deine Freundin ohne Blutvergießen befreien.«

Das war eine Aussicht, die der Kommissarin ihre dringend notwendige Zuversicht zurückgab. Sie drängte ihre Befürchtungen zurück und konzentrierte sich auf die normale Polizeiarbeit. Mona hatte natürlich keine Beweismittelbeutel dabei, da sich in ihrer Handtasche nur etwas Geld, ihr Smartphone und ihr Dienstausweis befanden. Doch ihr Kollege zog einige Kunststofftüten aus seiner Tasche. Sie half ihm, die Textilien zu verpacken. Als ihr dabei der Duft von Katis teurem Parfüm in die Nase stieg, spürte sie plötzlich einen dicken Kloß im Hals. Mona musste sich zu dem Gedanken zwingen, dass es ihrer Freundin den Umständen entsprechend gut ging. Die beiden drangen noch ein Stück weiter in den Waldlehrpfad vor, konnten aber keine weiteren Hinweise auf Kati und Arnold finden. Als die Kommissare wenig später wieder aus dem Gehölz heraustraten und zu ihrem Auto zurückgingen, raunte Enno ihr zu:

»Wir befinden uns hier wie auf dem Präsentierteller. Wenn der Mörder uns erschießen wollte, könnte er das jetzt aus dem Hinterhalt tun. Wir hätten keine Chance.«

»Du weißt, mit welchen Worten man das Herz einer Frau gewinnt«, erwiderte Mona voller Galgenhumor. Natürlich traf seine Aussage grundsätzlich zu: Es gab in der Nähe keine Deckung, gegen einen Heckenschützen wären sie hilflos gewesen. Der Oberkommissar sprach unbeirrt weiter: »Arnold wollte herausfinden, ob wir ihm schon auf den Fersen sind. Das weiß er jetzt. Er wird irgendwo in sicherer Entfernung ein Fernglas auf uns gerichtet haben.«

»Immer noch besser als ein Scharfschützengewehr«, murmelte Mona.

Kapitel 10

Die Ermittler kehrten zur Polizeistation zurück, wo Enno sofort eine Fahndung nach Arnold und Kati veranlasste. Alle Kollegen der Borkumer Wache erhielten Fotos der beiden Personen.

»Wir haben es wahrscheinlich mit einer Geiselnahme zu tun«, schärfte der Oberkommissar den Polizisten ein. »Wenn ihr die beiden entdeckt, verständigt bitte sofort Mona oder mich. Es ist nicht klar, ob der Mann die Frau als Geisel genommen hat oder nicht. Wir müssen auf jeden Fall eine mögliche Kurzschlussreaktion von Markus Arnold verhindern.«

Die Kommissarin versuchte, den nächsten Schritt des Verdächtigen vorauszusehen. Würde er so schnell wie möglich Borkum verlassen wollen oder hatte er hier noch etwas zu erledigen? Benötigte er für sein Vorhaben Katis Hilfe? Oder betrachtete er sie nur als eine Art »Joker«, um seine Verhaftung abzuwenden? Diese Fragen ließen sich nicht beantworten, solange sein Mordmotiv noch völlig im Dunkeln lag. Warum hatte Janina Eger sterben müssen? Und über die Rolle ihrer Freundin bei dem Verbrechen war Mona sich immer noch nicht im Klaren. Wusste oder ahnte Kati, was Arnold vorhatte? Über diese Fragen zerbrach Mona sich den Kopf, während sie zusammen mit Enno zur *Pension Grone* fuhr. Es war kaum anzunehmen, dass die Kommissare Arnold in seiner Unterkunft antreffen würden. Trotzdem wollten sie dort nach Hinweisen auf seinen Verbleib Ausschau halten.

»Wenn Arnold schon länger geplant hatte, deine Freundin zu verschleppen, dann wird er entsprechende Vorkehrungen getroffen haben«, vermutete der Oberkommissar. Er lenkte den Dienstwagen auf der abendlich-ruhigen Reedestraße zu der Frühstückspension, in der Arnold sich eingemietet hatte. Nach dem Anlegen der letzten Fähren des Tages war die langgestreckte Verbindungsstraße zwischen dem Hafen und dem Ortskern ruhig, ihnen kamen nur wenige Fahrzeuge entgegen. Sie erwiderte: »Ja, er muss einen Unterschlupf vorbereitet haben, in dem er Kati für einen längeren Zeitraum gefangen halten kann. Davon gehe ich jedenfalls aus. Wenn er sie hätte ermorden wollen, müsste er nicht diesen ganzen Aufwand mit dem Kleidungswechsel betreiben.«

»Arnold braucht deine Freundin auf jeden Fall lebend, das ist offensichtlich«, stellte der Oberkommissar fest. »Und er hält es zumindest für möglich, dass sie mit uns zusammenarbeitet. Andernfalls würde er sich nicht so vor einer elektronischen Ortung fürchten. Das ist ein gutes Zeichen. Wenn Kati in seinen Augen ein Polizeispitzel ist, wird sie für ihn nur noch wertvoller.«

Als sie wenig später das Urlaubsquartier erreichten, gingen die beiden mit größter Vorsicht ans Werk. Es war immerhin möglich, dass Arnold ihnen auflauerte. Die *Pension Grone* befand sich in einer Alleinlage unweit des *Tüskendör*-Deichs. Enno parkte neben dem Rotklinker-Friesenhaus, in dem der Beherbergungsbetrieb untergebracht war. Nachdem die beiden ausgestiegen waren, schaute Mona zur Deichkrone hinüber: »Falls der Verdächtige uns wieder beobachten will, kann er das von der Deichkrone aus problemlos tun. Wenn er sich flach auf den Boden legt, ist er in der Dämmerung und im Gegenlicht für uns so gut wie unsichtbar.«

»Ja, und wie im Märchen vom Hasen und vom Igel ist er schon hier und wartet auf uns. - An seiner Stelle hätte ich mir ein Fahrrad besorgt«, meinte Enno, »damit kann er schnell und beinahe lautlos jeden Punkt auf der Insel erreichen. - Aber ich würde nicht davon ausgehen, dass er jeden unserer Schritte überwacht.«

Mona widersprach: »Du hast doch selbst behauptet, dass der Mörder uns beim Waldlehrpfad im Visier hatte!«

»Das wäre *eine* Möglichkeit, beweisen kann ich es nicht«, stellte der Oberkommissar fest. »Arnold wollte sich vielleicht nur vergewissern, dass wir ihm schon auf den Fersen sind. Falls er uns wirklich beobachtet, wird er es so geschickt anstellen, dass wir ihn gar nicht bemerken. Also sollten wir uns nicht davon irritieren lassen.«

Ich verstehe nicht, wie du so ruhig bleiben kannst! Diese Bemerkung schluckte Mona herunter, bevor sie ihr über die Lippen kommen konnte. Insgeheim bewunderte sie die Unerschütterlichkeit ihres Kollegen. Natürlich, es gab keine gefühlsmäßige Bindung zwischen Enno und Kati. Das machte es für ihn wahrscheinlich leichter, die Gesamtsituation nüchtern zu betrachten – was aber nichts mit Kaltherzigkeit zu tun hatte. Enno würde alles tun, um eine Unschuldige zu retten. Erst vor kurzer Zeit hatte er bei einem anderen Fall buchstäblich sein eigenes Leben riskiert. Als Einzigem war ihm aufgefallen, welche Gefahr von einem versteckten Sprengsatz ausging – den er dann prompt weggeschafft hatte. Mona verdrängte diese Erinnerung, konzentrierte sich wieder auf das Hier und Jetzt.

Die Kommissare schlichen erst einmal ums Haus herum, konnten aber nichts Verdächtiges bemerken. Enno klingelte an der Haustür. Rolf Grone öffnete ihnen persönlich. Der Pensionswirt wohnte selbst ebenfalls in seinem Ferienquartier.

»Moin, Rolf«, sagte der Oberkommissar mit gedämpfter Stimme. »Ist dein Gast Markus Arnold anwesend?«

Der Pensionswirt schüttelte den Kopf.

»Nee, Enno. - Er hat heute Morgen die Pension verlassen, ohne zu frühstücken. Seitdem habe ich ihn nicht mehr gesehen.«

»Wir müssen einen Blick in sein Zimmer werfen, es ist Gefahr im Verzug.«

Die eindringlichen Worte des erfahrenen Kriminalisten verfehlten ihre Wirkung nicht. Grone gab die Tür frei und führte die Kommissare zu einem Raum im Erdgeschoss, den er mit seinem Generalschlüssel öffnete. Enno nickte ihm zu, dann betrat er gemeinsam mit Mona das kleine Einzelzimmer. Da diese Frühstückspension zu den günstigeren Übernachtungsmöglichkeiten auf Borkum gehörte, war die Einrichtung schlicht, aber sauber. Es gab nur ein schmales Bett, einen Kleiderschrank, einen Stuhl und ein Tischchen sowie einen Nachtkasten, auf dem ein altersschwaches TV-Gerät stand. Die Ermittler zogen Latexhandschuhe über und begannen mit der Durchsuchung. Mona entdeckte im Papierkorb einige Pappetiketten, die von Textilien abgetrennt worden waren.

»Mit deiner Vermutung lagst du richtig«, sagte sie zu ihrem Kollegen. »Diese Preisschilder gehören zu einer Jogginghose und einem dazu passenden Kapuzenpullover – beides für Damen. An einen Slip und einen BH hat der Mistkerl ebenfalls gedacht. Und hier ist noch ein Kassenbon für billige Sportschuhe. Ich fasse es nicht – Arnold kennt sogar Katis Schuhgröße!«

Die Kommissarin war von ihrer Entdeckung hin- und hergerissen. Einerseits fand sie es beruhigend, dass ihre Freundin offenbar wirklich nicht unbekleidet über die Insel laufen musste. Andererseits – wenn der Täter so gut über Kati Bescheid wusste, dann deutete dies auf ein enges Verhältnis der beiden zueinander hin.

»Das ist nur ein weiterer Beleg für Arnolds Perfektionismus«, meinte Enno. »Schau mal, was unter der Schreibtischunterlage steckte.«

Er zeigte ihr einen Faltplan vom Borkumer Yachthafen.

»Ein Boot ist nicht die schlechteste Möglichkeit, um dort eine Geisel zu verbergen«, dachte Mona laut nach. »Zwar liegen die Yachten im Hafen dicht an dicht, aber wenn die Gefangene gefesselt und geknebelt ist, kann sie sich auch nicht bemerkbar machen. Außerdem wird Kati spätestens jetzt wissen, zu welchen Bluttaten dieser Mann fähig ist.«

Oder sie macht mit ihm gemeinsame Sache, fügte die Kommissarin in Gedanken hinzu. Diese Überlegung verursachte bei ihr immer noch Bauchgrimmen. Aber es nützte nichts, die Augen vor der Realität zu verschließen. Weitere Hinweise fanden die Ermittler in dem Zimmer nicht. Im Schrank hingen einige Herren-Textilien von hoher Qualität, in der Ecke stand eine lederne Reisetasche. Aber diese Gegenstände waren unverfänglich und für die Ermittlungen nicht von Belang. Enno verschloss die Tür mit einem Siegel und schärfte dem Pensionswirt ein, dass sie nicht geöffnet werden dürfte.

»Ich glaube nicht, dass dein Gast hierher zurückkehrt«, sagte er zu Grone, »aber falls er es doch tun sollte, verständigst du uns bitte sofort.«

»Ist der Mann gefährlich?«, fragte Grone, wobei er ein nervöses Zucken seines linken Augenlids nicht unterdrücken konnte.

»Ja – aber wir werden ihn hinter Gitter bringen, darauf kannst du dich verlassen.«

Mit diesen Worten verabschiedete sich der Oberkommissar von dem Pensionswirt. Wieder einmal bewunderte Mona die Fähigkeit ihres Kollegen, Zuversicht auszustrahlen. Sie sagte: »Schauen wir uns gleich mal am Yachthafen um?«

»Ja, diese Spur sollten wir auf jeden Fall verfolgen«, gab Enno zurück. Von der Pension aus war es nicht mehr weit bis zu den Anlegeplätzen der Fähren. Ein kleines Stück weiter waren die Motorboote und Yachten von Freizeitkapitänen vertäut. Die Kommissare stiegen aus dem Auto und gingen zu dem Stegwart mit der weißen Mütze, der vor seiner Holzbude saß und den Anblick der untergehenden Sonne über dem Horizont genoss. Jetzt, im Sommer, würde es noch einige Stunden dauern, bis das Tageslicht vollständig verschwunden war. Ein Segelboot glitt soeben mit gerefften Segeln in den Hafen.

»Moin, wie kann ich euch helfen?«

»Wir suchen einen Skipper namens Markus Arnold«, beantwortete Mona die Frage des Stegwarts. Sie hielt es zwar nicht für wahrscheinlich, dass der Verdächtige unter seinem echten Namen einen Liegeplatz aufgesucht hatte, aber irgendwo musste die Untersuchung ja beginnen. Falls sie eine negative Antwort erhielt, konnte sie immer noch die erkennungsdienstlichen Fotos von Arnold präsentieren. Aber das war gar nicht nötig. Der Stegwart blätterte in seiner Kladde und sagte: »Ja, das Mietboot da am südlichen Anleger – die *Florentina* – ist mit Markus Arnold als Skipper vor drei Tagen hereingekommen. Er hat den Liegeplatz bis zum nächsten Dienstag gebucht.«

Arnold bewohnte also nicht nur ein Pensionszimmer, sondern hatte auch ein Boot im Hafen? Aber wozu benötigte er dies, wenn er doch in der Reedestraße übernachtete? Oder diente das Wasserfahrzeug ihm gar nicht als Unterkunft, sondern erfüllte einen anderen Zweck? *Ganz gewiss*, dachte Mona grimmig. In seinem Pensionszimmer konnte er wohl keine Geisel unterbringen, ohne dass jemand Verdacht schöpfte. Auf einer Segelyacht sah das schon anders aus.

»Woher weißt du, dass es sich um ein Mietboot handelt?«, fragte der Oberkommissar den Stegwart. »Hat er es dir gesagt?«

»Nee, Enno. Der Kunde war ziemlich zugeknöpft. - Ich sehe auf den ersten Blick, ob ein Boot gemietet ist. Es fehlt die Verbindung zwischen Mensch und Kahn. Das ist genau wie mit Leihrädern, verstehst du?«

Mona wusste, was der Stegwart damit ausdrücken wollte. Manche Transportmittel passten zu ihrem Besitzer – so wie ein Maßanzug, der von einem Schneider »gebaut« wird. Ihr Chef hätte für eine solche gefühlsmäßige Zuordnung keinen Sinn gehabt, aber Oltbeck war jetzt nicht da.

»Ist Arnold momentan auf seinem Boot?«, wollte der Ostfriese wissen.

»Ich bin nicht sicher – als ich vorhin telefonierte, habe ich nicht in die Richtung geschaut«, lautete die Antwort. Die Kommissare bedankten sich und gingen zu dem angegebenen Liegeplatz hinüber. Mona achtete nicht auf das Glucksen des Wassers zwischen der Mole und den Bootsrümpfen, auch nicht auf das Kreischen der Möwen und das Knattern des Segeltuchs im Wind. Sie war ganz auf den schlanken weißen Rumpf der Mietyacht vor ihr fixiert. Ob Arnold von der Kabine aus ein gutes Schussfeld hatte? Er musste doch damit rechnen, dass die Ermittler ihn auf seiner Yacht finden würden. Ob er ihnen eine Falle stellte? Eigentlich hätten die beiden sich nur mit

Unterstützung einer Spezialeinheit dem Boot nähern dürfen, aber momentan gab es keinen objektiven Hinweis auf einen erwarteten Gewaltausbruch. Letztlich konnten die Kommissare Arnold noch nicht einmal den Mord auf dem Leuchtturm-Plateau nachweisen, wie Mona sich eingestehen musste. Ein vager Hinweis eines Zeugen, der eine Person im Gras vor dem Tatort etwas aufheben gesehen hatte? Ein ausgekochter Strafverteidiger konnte eine solche Aussage im Handumdrehen in der Luft zerreißen.

»Rührt sich etwas an Bord?«, raunte Mona ihrem Kollegen zu.

»Mir ist nichts aufgefallen, aber ich habe meine Brille nicht aufgesetzt«, erwiderte er. Unmittelbar vor der *Florentina* war ein niederländischer Zweimaster mit dem schönen Namen *De twee Wezen* – die zwei Waisenkinder - vertäut. Die Galionsfiguren bestanden aus einem geschnitzten Kinderpaar mit goldfarbener Lackierung. Auf dem Vorderdeck betätigte eine Frau in Shorts und Ringel-T-Shirt einen Aufnehmer. Der Wind wehte den Geruch nach Allzweckreiniger herüber.

»Ahoi!«, rief Mona und sprang über die Reling. Gleich darauf zeigte sie der Niederländerin ihren Dienstausweis und fragte mit gedämpfter Stimme: »Ist auf der *Florentina* jemand an Bord?«

»Auf der *Florentina*? *Sorry, hoor* – das weiß ich nicht«, erwiderte die Schrubberin mit hörbarem Akzent und keineswegs leise. *Willst du nicht noch etwas lauter schreien?,* dachte die Kommissarin schlecht gelaunt. Aber woher hätte die Frau wissen sollen, dass es um die Verhaftung eines Mordverdächtigen ging? Mona wollte sie gern warnen, ohne dadurch Panik zu verbreiten.

»Wollen Sie nicht unter Deck eine kleine Pause machen?«, schlug sie vor.

»Pause? *Waarom*?«, fragte die Niederländerin lachend. Sie hatte den Ernst der Lage offenbar nicht erkannt und fügte hinzu: »Ich dachte, ihr Deutschen seid so … *arbeitszornig*.«

Sie war offenbar in heiterer und gelöster Stimmung, was Mona normalerweise gefiel. Aber momentan ging es vielleicht um Leben und Tod, also musste sie sich als Spielverderberin präsentieren.

»Das Wort heißt *arbeitswütig* – und es geht mir um Ihre Sicherheit, also *Veiligheid* in Ihrer Sprache«, erwiderte Mona eindringlich. Sie war genervt und angespannt zugleich, während sie weitersprach: »Mein Kollege und ich müssen die *Florentina* überprüfen, und das könnte gefährlich werden. Es wäre gut, wenn Sie währenddessen entweder unter Deck bleiben oder an Land gehen!«

Der Gesichtsausdruck der Kommissarin sowie ihr Tonfall sorgten dafür, dass die Seglerin sich die Worte zu Herzen nahm. Sie legte den Schrubber weg, warf Mona einen irritiert wirkenden Blick zu und verschwand im Handumdrehen unter Deck. Man konnte hören, dass ein Riegel vorgeschoben wurde. Mona stieß langsam die Luft aus den Lungen und war froh, die Frau aus der Schusslinie geschafft zu haben. Die Ermittlerin trat wieder auf den Steg, wo Enno auf sie wartete. Er hatte die Hand auf den Griff seiner Pistole gelegt, aber die Waffe noch nicht gezogen. Er ließ das Boot nicht aus den Augen. Mona deutete mit einer Kinnbewegung auf den Kajütaufbau: »Siehst du das Oberlicht dort mittschiffs? Durch diesen Zugang könnte ich eindringen und Arnold überrumpeln.«

»Das gefällt mir nicht, ich kann dir von außen keine Deckung geben«, erwiderte der Oberkommissar, »und ich passe niemals durch diese Öffnung! Und einen Durchsuchungsbeschluss haben wir auch nicht.«

Das stimmte zweifellos, aber es war Gefahr im Verzug. Eine Geiselnahme erschien möglich. Deshalb wollte Mona es auf jeden Fall probieren. Der Weg durch die Luke war vielversprechender, als frontal durch den Kabineneingang zu marschieren und sich dort eine Kugel einzufangen.

»Ich gebe dir Bescheid, sobald ich Arnold überwältigt habe!«

Mit diesen Worten würgte Mona jede weitere Diskussion ab und sprang an Deck der *Florentina*, wobei sie versuchte, so wenig Geräusche wie möglich zu machen. Ihre Pistole hielt sie schussbereit in der Rechten. Ob sie beobachtet wurde? Falls ja, dann verstand ihr Widersacher sich darauf, unsichtbar zu erscheinen. Sie erreichte das Oberlicht und spähte vorsichtig dort hindurch ins Innere der Kabine. Insgeheim hoffte sie, einen Hinweis auf Kati zu finden. Die Kommissarin war schon an Bord von zahlreichen Kajütbooten gewesen. Daher wusste sie, dass man durch eine solche verglaste Öffnung niemals die ganze darunter befindliche Kabine im Blickfeld haben konnte. Mona musste sich Gewissheit verschaffen. Sie legte den Verschluss um und hob die Plexiglasabdeckung hoch. Ein Schwall abgestandener Luft kam ihr entgegen. Wer die frische Meeresbrise gewöhnt war, empfand dies als besonders unangenehm. Bevor Mona nach Borkum versetzt worden war, hatte sie die Qualität einer frischen salzhaltigen Brise nie wirklich zu schätzen gewusst. Sie lauschte. Abgesehen von den üblichen kleinen Geräuschen, die ein Boot am Liegeplatz hervorbringt, herrschte im Inneren absolute Stille. Die Yacht schwojte leicht, aber wer sich öfter auf kleinen Booten bewegte, war an diese Schwankungen gewöhnt. Die Kommissarin ließ sich durch das Oberlicht gleiten und landete auf dem hölzernen Fußboden. Sie rechnete damit, sofort attackiert zu werden. Doch das geschah nicht. Mona schaute sich in der mit Holz getäfelten Kabine um. Es gab eine Sitzecke mit einem fest verankerten Tisch, auf dessen Platte eine Clownpuppe thronte. Die Ermittlerin kniff misstrauisch die Augen zusammen und trat näher an das Spielzeug heran. Der Harlekin aus Stoff und Plastik hielt eine Karte in seinen Händen. Die Kommissarin nahm sie vorsichtig an sich und berührte sie nur an den Kanten. Es war eine ganz normale Ansichtskarte mit der wenig originellen Aufschrift *Gruß aus Borkum*. Abgebildet waren der Neue Leuchtturm, die Strandpromenade auf Höhe der Musikkuppel sowie ein Seehund. Auf der Rückseite standen nur zwei Worte: »Sorry, Mona«. Und darunter befand sich ein Lippenstiftabdruck. Die Ermittlerin kannte diesen Farbton: Ihre Freundin Kati benutzte ihn.

Kapitel 11

Am nächsten Morgen fühlte Mona sich nach einer nahezu schlaflosen Nacht wie gerädert. Das trübe Wetter mit leichtem Nieselregen passte zu ihrer Stimmung. Dennoch blieb sie bei ihrer üblichen Morgenroutine und holte in aller Herrgottsfrühe die Dogge Rufus bei den Molls ab, um mit ihrem vierbeinigen Liebling spazieren zu gehen. Sie plauderte gern mit ihrem riesenhaften Hund – obwohl der Rüde ihr natürlich nicht antworten konnte, schien er sie zu verstehen. Und gerade weil aus seiner feuchten Schnauze allenfalls ein Bellen oder Winseln kam, war sie sicher, dass ihre tiefsten Geheimnisse bei ihm gut aufgehoben waren. Es tat gut, einfach mal ihr Herz ausschütten zu können, gerade in der momentanen Situation.

»Du fragst mich besser nicht, wie es mir geht«, sagte die Kommissarin zu Rufus, während sie mit der Lederleine in der Hand den Hundestrand bei der *Heimlichen Liebe* ansteuerte. Der Regen hörte nun auf, das Wetter schwankte auf Borkum extrem. Sie fuhr fort: »Enno hat mir beigebracht, selbst einer misslichen Lage noch etwas Positives abzugewinnen. Wenigstens das habe ich gestern immerhin geschafft, stell dir vor. Als ich diese blöde Clownpuppe mit Katis Botschaft gefunden habe, hätte ich vor lauter Frust und Enttäuschung am liebsten geheult. Das habe ich mir verkniffen – aber mein Kollege hat natürlich gemerkt, dass ich mit den Tränen kämpfen musste. Enno entgeht eben nichts. Am schlimmsten finde ich gar nicht die Möglichkeit, dass Kati kriminell geworden ist. Nee, damit könnte ich leben. Es gibt genug Menschen, die einmal in ihrem Leben falsch abbiegen und dadurch auf die schiefe Bahn geraten. Was mich wirklich fertigmacht, ist die Ungewissheit: Wird Kati von Arnold zu einer Mittäterschaft gezwungen oder steckte sie von vornherein mit ihm unter einer Decke?«

Rufus warf ihr einen langen Blick aus seinen dunklen Augen zu, den sie als mitleidig empfand. Er rieb seinen Kopf an Monas Oberschenkel. Sie lächelte und strich über sein mächtiges Hundehaupt: »Du würdest mich nie hintergehen, richtig? Nee, dafür bist du ein zu feiner Kerl. Das wäre ein Verstoß gegen deine Doggenehre, falls es so etwas gibt. Und was soll ich jetzt von Kati halten? Sie hat diese zwei Worte auf die Ansichtskarte gekritzelt – aber ob sie es freiwillig tat oder nicht, das weiß ich wirklich nicht.

Ihre Handschrift habe ich jedenfalls sofort erkannt. Und sie war es auch, die ihre Lippen auf die Pappe gedrückt hat. Aus welchem Grund? Um sich über mich lustig zu machen? Mein Kollege glaubt ja, dass Arnold dahintersteckt. ‚Dieser Mann liebt Machtspielchen, aber der Schuss wird nach hinten losgehen' – das hat Enno wörtlich gesagt. Und ich hoffe so sehr, dass er sich nicht täuscht. Weißt du, was man unter einem Narzissten versteht? Wahrscheinlich nicht, bei euch Hunden wird es so etwas nicht geben. Also, bei den Menschen ist ein Narzisst eine Person, die völlig berauscht von ihrer eigenen Großartigkeit ist. Ob dies objektiv zutrifft, spielt keine Rolle. Er muss sich dauernd beweisen, dass er anderen überlegen ist. Darum reicht es Arnold auch nicht, der Polizei einfach nur zu entkommen. Er hat dafür gesorgt, dass wir den Clown finden, um Enno und mich als Volltrottel dastehen zu lassen.«

Während Mona Rufus ihr Herz ausschüttete, hatten Frauchen und Hund den Strand erreicht. Sie befreite ihn von der Leine: »So, jetzt habe ich genug gejammert. Hab Spaß, mein Schöner. Du musstest jetzt lange genug als mein seelischer Mülleimer dienen.«

Die Dogge düste los, um fröhlich bellend mit ihren Artgenossen am Hundestrand zu spielen. Der Wind vertrieb die letzten Reste der leer geregneten Wolken in Richtung Osten. Während die Kommissarin den Vierbeiner beim Herumtollen beobachtete, sortierte sie ihre Gedanken. Der von Arnold gemietete Kabinenkreuzer wurde inzwischen ebenfalls bewacht. Mit diesem Wasserfahrzeug würden Arnold und Kati die Insel keinesfalls verlassen können. Auch der Fährhafen und der Flugplatz standen unter polizeilicher Kontrolle. Ob Monas Freundin als Geisel dienen sollte, um dem Mordverdächtigen freien Abzug zu garantieren? Das war eine realistische Möglichkeit. In dem Fall würde Arnold früher oder später mit der Polizei Kontakt aufnehmen müssen, um seine Forderungen mitzuteilen. Er hatte bewiesen, dass er nichts dem Zufall überließ. Warum meldete er sich nicht? Wollte er die Kommissarin und ihre Kollegen erst mürbe machen? *Bei mir hat das jedenfalls schon funktioniert,* dachte sie mit einem Anflug von Verzagtheit. Nach einer Weile pfiff Mona auf den Fingern – ein Signal für Rufus, zu ihr zurückzukehren. Sie brachte ihren Hund wieder zu Birte Moll zurück, denn Ennos Ehefrau fungierte als eine Art »Tagesmutter« für Rufus. Besserwisser hätten Mona gewiss aufs Butterbrot geschmiert, dass sie als Mieterin einer so kleinen

Wohnung sich kein großes Haustier hätte zulegen dürfen. Allerdings war sie zu ihrem vierbeinigen Gefährten gekommen wie eine Jungfrau zum Kind, denn Rufus hatte zuvor einem Mordopfer gehört – und nach dieser Ermittlung wäre die Dogge im Tierheim gelandet, wenn Mona sie nicht unter ihre Fittiche genommen hätte. Sie wünschte Birte einen schönen Tag und düste mit dem Rad zur Walfangerstrate zurück, um die Kleidung zu wechseln. Immerhin schaffte sie es, pünktlich zum Dienstbeginn auf der Wache zu erscheinen – wenn auch mit hängender Zunge.

»Gut, dass du pünktlich bist«, lobte ihr Kollege. »Oltbeck will von uns auf den neuesten Stand gebracht werden.«

Das hatte Mona schon befürchtet. Das Verhältnis zwischen ihr und ihrem Chef war inzwischen zwar besser als in früheren Jahren, aber sie litt immer noch unter seiner Fantasielosigkeit. Andererseits konnte der Hauptkommissar sich vermutlich Angenehmeres vorstellen, als eine Untergebene mit einem so überschäumenden Temperament wie Mona Sander zu haben. Momentan hegte die Kommissarin eine ganz konkrete Befürchtung: Eigentlich hätte Oltbeck sie wegen ihrer persönlichen Verbindung zu Kati Rolfs von dem Fall abziehen müssen. Sie hatte ein mulmiges Gefühl in der Magengegend, als die beiden wenig später im Dienstzimmer des Chefs saßen und Enno den aktuellen Stand der Ermittlungen vortrug. Es kam ihr so vor, als ob die Sorgenfalten auf Oltbecks Stirn immer tiefer wurden, je mehr Einzelheiten ihr Kollege berichtete.

»Also befindet sich Frau Sanders Freundin Kati Rolfs in der Gewalt des Hauptverdächtigen?«, vergewisserte sich der Dienststellenleiter. Mona konnte es nicht ausstehen, wenn über sie gesprochen wurde, als ob sie nicht anwesend wäre. Sie öffnete den Mund, obwohl sie wusste, dass sie ihre nächsten Worte bereuen würde: »Das ist die eine Möglichkeit, Herr Oltbeck. Die andere Variante besteht darin, dass Frau Rolfs gemeinsame Sache mit Markus Arnold macht – aus Gründen, die wir noch herausfinden müssen.«

Der Chef beugte sich vor, wobei er seine Ellenbogen auf die Schreibtischplatte stützte: »Das Wort *wir* dürfte diesmal wohl fehl am Platz sein. Sie können an der Aufklärung dieses Mordes nicht weiter mitarbeiten, so leid es mir tut. Ihre persönliche Freundschaft zu Kati Rolfs ist ein unüberwindbares Hindernis.«

»Mir ist diese Frau seit meiner Schulzeit vertraut!«, betonte Mona. Sie fügte hinzu: »Ich begreife, dass Sie deshalb an meinem

Urteilsvermögen zweifeln. Aber gerade weil ich mich mit Frau Rolfs so gut verstehe, bin ich sicher, dass sie keinen Mord geplant hatte. Ja, sie war in London mit dem Opfer Janina Eger und mit dem Verdächtigen Markus Arnold bekannt. Aber wenn Kati diese Frau wirklich hätte beseitigen wollen, wäre dafür wahrscheinlich in der britischen Hauptstadt genügend Gelegenheit gewesen. Sie hat stattdessen ein scheinbar zufälliges Treffen auf Borkum eingefädelt. Ich kenne Kati, sie macht nichts aus einer Laune heraus. - Bitte, Herr Oltbeck! Ich muss einfach bei dieser Ermittlung weitermachen.«

Es lag der Kommissarin überhaupt nicht, ihren Vorgesetzten anzuflehen. Aber diesmal fiel ihr keine andere Taktik ein. Sie konnte nicht mit harten Fakten aufwarten, da viele Punkte noch völlig ungeklärt waren – vor allem das Mordmotiv. Oltbeck war anzumerken, dass er mit sich kämpfte. Schließlich gab er seufzend nach: »Also gut – aber Herr Moll leitet die Untersuchung. Und Sie unternehmen nichts, ohne dass Sie sich vorher mit Ihrem Kollegen absprechen. Haben wir uns verstanden, Frau Sander?«

»Selbstverständlich, ich werde Ihnen keine Schande machen«, flötete sie. Am liebsten hätte sie dem Chef einen Kuss auf seine Glatze gedrückt, aber sie wollte den Bogen nicht überspannen. Für den Moment war Mona einfach nur froh, dass sie nicht ins Abseits gestellt wurde.

»Halten Sie mich auf dem Laufenden.«

Mit diesen Worten beendete Oltbeck die Besprechung. Die Kommissare machten unmittelbar weiter, indem sie mit der Befragung der Taschendiebin begannen. Enno holte Rabea Otte aus der Arrestzelle, während Mona schon in den Verhörraum vorging. Die Ermittlerin vergegenwärtigte sich die bekannten Fakten über die Kleinkriminelle. Rabea Otte war bisher nicht durch Gewaltdelikte aufgefallen. Kriminelle von ihrem Schlag waren Mona schon öfter untergekommen. Es waren meist Menschen, die vom großen Geld träumten, aber zum ehrlichen Arbeiten entweder keine Lust hatten oder sich einbildeten, mit krummen Sachen leichter reich werden zu können. Sie wusste, wie sie zu Rabea Otte durchdringen konnte.

Ihr Kollege brachte die Taschendiebin herein. Offenbar hatte Mona nicht als Einzige zu wenig Nachtruhe gefunden. Rabea Ottes Teint war blass, die blauschwarzen Schatten unter ihren Augen ließen sie erschöpft und ausgebrannt wirken. Die Kommissarin belehrte sie noch einmal über ihre Rechte und fragte, ob sie einen Anwalt hinzuziehen wolle. Die Kriminelle setzte ein trauriges Lächeln auf: »Was soll so ein Rechtsverdreher mir denn bringen? Sie haben die Beute bei mir gefunden, meine Vorstrafen kennen Sie. Ich bin nun mal eine diebische Elster, das lässt sich nicht schönreden.«

»Es wäre Unsinn, den Diebstahl zu leugnen, da haben Sie recht«, erwiderte Mona, »aber ein Delikt wie Beihilfe zum Mord ist ein anderes Kaliber.«

Rabea Otte zuckte zusammen und stammelte: »Sie denken, ich hätte was damit zu tun, dass die Frau sterben musste? Nee, das stimmt nicht!«

»Dann beweisen Sie es uns«, forderte die Kommissarin. »Ich weiß nicht, wie viele Taschendiebe Herr Moll und ich hier auf Borkum schon auf frischer Tat ertappt haben. Geldbörsen, Smartphones, Uhren, Schmuck – das sind alles beliebte Beutestücke. Aber wissen Sie, was Ihre ‚Berufskollegen' nie mitgehen lassen? Zimmerschlüssel. Wir glauben, dass Sie jemand damit beauftragt hat.«

Ein Blick auf Rabea Ottes Gesicht zeigte Mona, dass ihre Überlegungen zutrafen. Jetzt musste die Täterin bloß noch auspacken. Rabea Otte zögerte. Man konnte förmlich ahnen, wie sie zwischen »Ganovenehre« und der Aussicht auf Strafmilderung schwankte. Schließlich gab sie sich einen Ruck: »Ja, es stimmt. Der Zimmerschlüssel – das war eine Auftragsarbeit, wenn Sie das so nennen wollen.«

»Wer hat Sie für den Job angeheuert?«

»Ich kenne den Namen der Frau nicht«, lautete die Antwort auf die Frage der Kommissarin. Rabea Otte fuhr fort: »Sie sagte, dass sie meine Nummer von einer gemeinsamen Bekannten hatte. Ich hörte mir das Angebot erst mal an. Ich sollte einen Zimmerschlüssel klauen, aus dem Raum ein Notebook mitgehen lassen und den Schlüssel dann wieder in die Handtasche der Frau stecken. Das hätte auch geklappt, wenn Sie mich nicht vorher aus dem Verkehr gezogen hätten.«

»Und warum haben Sie diese Tat begangen?«, wollte Enno wissen.

»Es war eine Herausforderung, weil ich so etwas noch nicht gemacht habe. Aber es reizte mich natürlich, außerdem bekam ich 1000 Euro vorab – und weitere 2000 sollte ich erhalten, wenn ich ihr das Notebook übergebe.«

»Wie wurde Ihr *Honorar* übergeben?«

»Gar nicht, Herr Moll. Ich habe ein Konto auf den Seychellen, dorthin hat sie meinen Vorschuss transferiert. Die Nummer habe ich ihr mitgeteilt.«

Die Kommissarin runzelte die Stirn. Rabea Otte musste als Diebin gut im Geschäft sein, wenn sie ihren »Gewinn« in einem solchen Urlaubsparadies auf die Seite schaffen konnte. Den meisten ihrer »Berufskollegen« zerrann das Geld zwischen den Fingern, sobald sie Beute gemacht hatten. Aber darum ging es jetzt nicht.

»Und woher wussten Sie, dass Janina Eger auf Borkum sein würde? Und wo sie auf der Insel untergebracht war?«, hakte Mona nach.

»Diese Informationen kriegte ich von meiner Auftraggeberin. Sie sagte mir auch, dass ich auf dem Leuchtturm eine Gelegenheit bekommen würde, den Schlüssel wieder in Janina Egers Handtasche verschwinden zu lassen.«

»Wo ist das Notebook?«, fragte der Oberkommissar direkt.

»Im *Hotel Teutonia.* Ich sollte das Gerät an der Rezeption abgeben und behaupten, dass meine Schwester das Zimmer 222 gemietet hätte und auf das Gerät warten würde.«

Mona spürte, wie ihr der kalte Schweiß ausbrach. Das war Katis Zimmernummer! Während sie noch über die Schlussfolgerungen aus dieser Erkenntnis nachdachte, stellte Enno die nächste Frage: »Woher wussten Sie, dass Sie das Diebesgut dorthin bringen sollten?«

»Meine Auftraggeberin rief mich an, ungefähr eine Viertelstunde, bevor ich auf den Leuchtturm stieg«, lautete die Antwort. »Ich sollte das Notebook ins Hotel bringen und danach auf den Turm kommen, um dort der Frau den Schlüssel wieder in die Tasche zu stecken.«

»Sollten Sie die Geldbörse eigentlich auch stehlen?«, wollte Mona wissen.

»Nee, das habe ich aus purer Gewohnheit getan«, behauptete die Diebin. Die Kommissarin schüttelte den Kopf: »Ich glaube Ihnen nicht. Falls Ihre Aussage stimmt, haben Sie den Schlüssel und das Portemonnaie mitgehen lassen, bevor Sie den Leuchtturm betraten. Schön, aber wie hätte Janina Eger dann den Eintritt bezahlen sollen?«

»Wenn Sie mich für eine Lügnerin halten, dann kann ich daran nichts ändern«, gab die Verdächtige patzig zurück. »Ich habe beides auf der Promenade geklaut.«

Mona fiel plötzlich ein, dass die Kriminelle sehr wohl die Wahrheit gesagt haben konnte. Viele Urlauber hatten ein paar Münzen in den Hosentaschen. Damit beglichen sie kleinere Beträge, ohne jedes Mal ihre Geldbörse zücken zu müssen. Und der Eintritt für den Leuchtturm war sehr günstig, dafür benötigte man nur zwei oder drei geringwertige Geldstücke. Außerdem – warum sollte Rabea Otte gerade in diesem Punkt lügen? Die Kommissarin blätterte in ihren Aufzeichnungen. Sie entwickelte eine vage Idee und entschloss sich zu einem Vorstoß: »Warum haben Sie uns nichts von der Krankenkassenkarte erzählt?«

»Ich weiß nicht, was Sie meinen«, murmelte die Diebin. Ihr Gesichtsausdruck zeigte allerdings, dass sie sich sehr wohl darüber im Klaren war. Mona fuhr fort: »Sie mögen ja eine begabte Langfinger-Lady sein, aber als Lügnerin sind Sie miserabel. Also, *Butter bei die Fisch*e, wie man bei uns im Norden sagt. Wenn Sie tätige Reue zeigen wollen, dann müssen Sie schon mit der ganzen Wahrheit rüberkommen.«

Rabea Otte verdrehte die Augen und erwiderte seufzend: »Ich dachte nicht, dass es ein Verbrechen ist, jemandem sein Eigentum zurückzugeben. Okay, ich sollte die Krankenkassenkarte im Portemonnaie gegen die austauschen, die jetzt darin steckt. Was soll denn daran so schlimm sein?«

»Das wird sich zeigen. - Enno, kochst du für unseren Gast und uns bitte einen Tee? Ich möchte eine Pause zum Telefonieren einlegen.«

Mit diesen Worten stand die Kommissarin auf und verließ den Verhörraum. Sie ging zu ihrem Dienstzimmer hinüber und rief mit dem Festnetztelefon das kriminaltechnische Labor Oldenburg an. Dort ließ sie sich mit dem Spezialisten verbinden, der die Krankenkassenkarte in Empfang genommen hatte.

»Moin, hier spricht Kommissarin Sander von der Polizei Borkum. Ich weiß, dass Sie das Untersuchungsobjekt erst heute erhalten haben müssen. Trotzdem hatte ich gehofft, dass Sie vielleicht schon einen Blick darauf geworfen haben ...«

Der Kriminaltechniker lachte und erwiderte: »Sie haben Glück – tatsächlich konnte ich das Päckchen schon öffnen. Mehr als eine grobe Einschätzung kann ich Ihnen noch nicht anbieten.«

»Damit wäre mir schon gedient«, beteuerte die Kommissarin.

»Der Mikrochip, der in die Karte integriert ist, dient in diesem Fall als eine Art elektronische Peilsender. Wenn jemand diese

Krankenkassenkarte mit sich führt, kann er mithilfe dieses ‚Trojaners' jederzeit geortet werden.«

»Diese Information reicht für den Moment völlig aus«, erwiderte Mona. »Haben Sie vielen Dank – und wenn es Sie mal nach Borkum verschlägt, spendiere ich Ihnen einen Cocktail.«

Sie beendete das Telefonat und sortierte ihre Gedanken: Rabea Ottes ominöse Auftraggeberin hatte also nicht nur den Diebstahl des Notebooks veranlasst, sondern außerdem diese Frau überwachen wollen. Warum? Und – wichtiger noch – wer hatte die Taschendiebin angeheuert? Die Kriminalistin hatte einen bestimmten Verdacht, auch wenn er ihr gar nicht gefallen wollte. Sie ging wieder in den Verhörraum, wo Enno soeben den Tee auf den Tisch gebracht hatte. Mona zog ihr Smartphone hervor und spielte wortlos eine Nachricht ab, die auf ihrer Mailbox gespeichert war: »Hallo, Süße! Ich wollte dir nur Bescheid sagen, dass ich jetzt auf der Fähre von Emden nach Borkum eingetroffen bin. Ich gehe gleich hoch aufs Deck, um die Sonne und den Wind zu genießen. Ich freue mich auf dich, bis später!«

»Das ist sie!«, rief Rabea Otte, ohne dass sie jemand dazu aufgefordert hätte. »Das ist die Stimme meiner Auftraggeberin!«

Die Kommissarin nickte grimmig. Die soeben wiedergegebene Nachricht stammte natürlich von Kati. Was für ein Spiel trieb Monas Freundin wirklich?

Kapitel 12

Nachdem die Taschendiebin ihr Geständnis unterschrieben hatte, wurde sie auf freien Fuß gesetzt. Es gab keinen Hinweis darauf, dass sie eine Urlaubsunterkunft auf Borkum gebucht hatte. Und Gepäck war ebenfalls nicht in ihrem Besitz, obwohl sie eine Tasche oder einen Koffer natürlich auch bei der Gepäckaufbewahrung am Inselbahnhof hätte deponieren können. In dem Fall wäre ihr aber eine Quittung ausgestellt worden, die Mona bei der Diebin nicht gefunden hatte. Offensichtlich war Rabea Otte ausschließlich auf die Insel gekommen, um Katis Auftrag zu erfüllen und danach mit der letzte Fähre wieder abzudampfen. Natürlich hatten die Kommissare auch ihr Smartphone überprüft, aber die Kommunikation zwischen der Diebin und Kati war offensichtlich nicht darüber erfolgt. Jedenfalls konnte Mona in Rabea Ottes Anrufliste Katis »normale« Mobilnummer nicht entdecken. Diese Spur erwies sich also als Sackgasse. Wahrscheinlich hatten sie ein Einweghandy benutzt. Als die Kommissarin sich danach erkundigte, nickte Rabea Otte einfach nur.»Und Sie sind Ihrer Auftraggeberin also nie persönlich begegnet?«, vergewisserte Mona sich zum Abschied. Die Kleinkriminelle schüttelte den Kopf: »Ich habe es schon bitter bereut, diesen Job überhaupt angenommen zu haben. Ich werde in Zukunft lieber bei meinem normalen Tagesgeschäft bleiben.«

Damit gibt sie indirekt zu, dass sie weiterhin klauen will, dachte die Kommissarin. Aber angesichts ihres Vorstrafenregisters würde die Taschendiebin wahrscheinlich zunächst gesiebte Luft atmen.

Rabea Otte schien zu ahnen, was ihr blühte. Sie verließ die Polizeiwache mit hängenden Armen, wie eine geschlagene Boxerin. Monas Mitgefühl hielt sich in Grenzen: »Ich frage mich die ganze Zeit über, ob diese falsche Schlange uns nicht ein Märchen auftischt und jetzt gleich zu Kati und Arnold rennt. Besonders vertrauenswürdig ist die diebische Elster jedenfalls nicht.«

»Da bin ich ganz deiner Meinung«, stimmte Enno zu, während er seine Tasse austrank. Er fuhr fort: »Deshalb habe ich mir erlaubt, Aiske auf sie anzusetzen. Als ich Tee gekocht habe, bat ich die junge Kollegin, schnell ihre Zivilkleidung anzuziehen und sich an Rabeas Fersen zu heften, sobald sie das Gebäude verlässt.«

Mona pfiff durch die Zähne: »Du bist ja wirklich mit allen Wasser gewaschen!«

Sie hielt einen Moment lang inne, dann berichtete sie ihm von dem Gespräch mit dem Kriminaltechniker und fügte hinzu: »Durch diese Information sehe ich Katis Garderobenwechsel – ob dieser nun freiwillig war oder nicht – aus einem anderen Blickwinkel. Wir hatten ja zunächst angenommen, dass Kati aufgrund von Arnolds Perfektionismus andere Kleidung anziehen musste. Aber wenn er nun gewusst oder geahnt hat, dass sie irgendeine Art von Ortungssystem bei sich haben könnte? Es mag blöd klingen, aber so abwegig ist diese Überlegung gar nicht. Arnold weiß vermutlich, dass Kati mit mir – einer Polizistin – befreundet ist und sie durch mich an Abhörtechnik herankommen könnte. Jedenfalls in seiner Fantasie. Dann wäre es für einen Kriminellen wie ihn nur konsequent, diese Gefahrenquelle auszuschalten.«

»Und Kati ist offenbar die Anstifterin des doppelten Diebstahls«, stellte Mona bitter fest. »Ich möchte wissen, wie gut sie und Arnold einander wirklich kennen. - Meine Freundin und ich unterhalten uns gelegentlich auch mal über Männer, wie du dir denken kannst. Und sie hat den Namen Markus Arnold niemals erwähnt, daran würde ich mich erinnern. Vielleicht gab es ja einen guten Grund, dass sie ihre Bekanntschaft mit diesem Herrn vor mir verheimlicht hat. Sie weiß, dass ich als Polizistin einen sechsten Sinn für Ganoven habe. Vielleicht befürchtete sie, dass ich die falschen Fragen stellen könnte. Da war es sicherer, seinen Namen gar nicht erst fallenzulassen.«

»Wir sollten uns jetzt endlich dieses Notebook schnappen«, schlug der Oberkommissar vor.

»Das können wir tun. Aber vorher werde ich mit den Eltern des Mordopfers telefonieren, so schwer es mir auch fällt«, sagte sie.

»Die Aufgabe kann ich übernehmen.«

»Du bist lieb, Enno – aber ich will nicht immer in Watte gepackt werden«, gab sie mit einem Unterton leichter Gereiztheit zurück. Momentan konnte Mona ihre Laune nur verbessern, indem sie die unangenehme Pflicht hinter sich brachte. Sie hatte sich im Einwohnermelderegister die Namen von Janinas Eltern notiert. Nachdem sie den Telefonhörer abgenommen und die Nummer eingetippt hatte, ertönte mehrfach das Freizeichen. Dann war eine ältere Frauenstimme zu hören.

»Moin, Frau Eger. Hier spricht Kommissarin Sander von der Polizei Borkum. Sind Sie die Mutter von Janina Eger?«

»Ja, die bin ich.« Frau Eger klang gedämpft – als ob sie unter Beruhigungsmitteln stehen würde. Sie fragte: »Haben Sie den Mörder meiner Tochter schon gefasst?«

»Wir ermitteln mit Hochdruck«, versicherte Mona, »und zunächst möchte ich Ihnen und Ihrer Familie unser aufrichtiges Beileid aussprechen. - Es gibt einen Hauptverdächtigen, über den wir mehr in Erfahrung bringen müssen. Sein Name lautet Markus Arnold.«

Es hörte sich an, als ob die Mutter des Mordopfers nach Luft ringen würde.

»Janina und Markus – waren ein Liebespaar«, brachte sie hervor. »Meine Tochter hat die Beziehung beendet, weil dieser Mann nicht gut für sie war. Damit konnte er sich wohl nicht abfinden.«

»Darüber möchte ich mehr erfahren, falls es Sie nicht zu sehr aufregt.«

»Ich reiße mich zusammen, Frau Sander. Es ist ja in unserem Interesse, dass Sie diesen … Mörder so bald wie möglich hinter Gitter bringen.«

Noch war Arnolds Schuld nicht eindeutig bewiesen, aber darauf wollte Mona jetzt nicht herumreiten. Sie fragte: »Seit wann sind die beiden kein Paar mehr?«

»Seit sieben oder acht Monaten«, lautete die Antwort. »Janina hat uns zu Weihnachten besucht, da ließ sie die Katze aus dem Sack. Sie kam uns entspannt vor, als ob eine Last von ihren Schultern genommen worden wäre. Sie wissen ja wahrscheinlich, dass unsere Tochter in London gelebt hat.«

»Ja, genau. Was hat Janina eigentlich beruflich gemacht?«

»Sie war *Chief Communications Officer* bei *Sims Med*, das ist ein britisches Pharma-Unternehmen.«

Trotz ihrer Trauer konnte man so etwas wie Mutterstolz aus Frau Egers Stimme heraushören, als sie fortfuhr: »Sie hat also als Pressesprecherin gearbeitet, und die PR der Firma stammte ebenfalls größtenteils von ihr.«

PR – Public Relations – also. In diesem Berufsfeld arbeitete auch Kati. Darüber konnte Mona sich später Gedanken machen.

»Hat Ihre Tochter Ihnen erzählt, woher sie Arnold kannte?«

»Er ist ebenfalls bei *Sims Med* tätig, allerdings in der Forschung und Entwicklung. Arnold könnte man als einen Pharmazie-Ingenieur bezeichnen, wenn ich das richtig verstanden habe. Wenn Janina nicht gut auf ihn zu sprechen war, bezeichnete sie ihn als Laborratte.«

»Ist Ihnen bekannt, aus welchem Grund Janina sich von Markus Arnold getrennt hat, Frau Eger?«

»So richtig wollte sie nicht mit der Sprache herauskommen«, lautete die Antwort. Die Mutter fuhr fort: »Ich kenne – kannte – mein Kind eigentlich sehr gut. Anfangs glaubte ich, dass Janinas Freund im Bett etwas von ihr verlangt hätte, das ihr nicht gefiel. Sie war nämlich eher zurückhaltend und romantisch veranlagt. Aber ich muss mich wohl getäuscht haben. Als das Thema noch einmal aufkam, sagte Janina nur: ‚Ich will nicht in etwas Illegales hineingezogen werden'. Was genau damit gemeint war, weiß ich nicht. Mein Mann und ich waren ehrlich gesagt froh, dass sie diesem Kerl den Laufpass gegeben hat. Er war nicht gut für sie. Aber es hat leider nichts genützt ...«

Ihre Stimme wurde brüchig.

»Sie haben mir schon sehr wichtige Informationen gegeben«, betonte Mona, »und dafür danke ich Ihnen von Herzen. Ich habe noch eine letzte Frage: Hatte Janina in London eine enge Freundin, die nichts mit ihrem Arbeitsplatz zu tun hatte? Ich würde auch mit dieser Person gern telefonieren.«

»Ja, Janina hat öfter von einer Trish gesprochen, mit der sie sich fast jeden Tag trifft«, sagte die Mutter des Mordopfers. Es schien ihr gutzutun, bei der Ermittlung helfen zu können. Zumindest war das Monas Hoffnung.

»Das ist perfekt! Sie haben nicht zufällig Trishs Telefonnummer?«

»Nein, Frau Sander. Aber ich weiß von Janina, dass Trish in einem kleinen Eckladen arbeitet. Der befindet sich unten in dem Haus, wo unsere Tochter in London gewohnt hat.«

Frau Eger nannte eine Adresse in der Fiveways Road. Mona bedankte sich noch einmal und beendete das Gespräch.

»Du willst wirklich in London anrufen?«, hakte Enno skeptisch nach.

»Hast du eine bessere Idee? Bis wir den Kontakt über Interpol hergestellt haben, dauert es ewig. Und so schlecht ist mein Englisch nun auch wieder nicht.«

Während die Kommissarin mit ihrem Kollegen sprach, jagte sie Janinas Anschrift durchs Internet. Gleich darauf hatte sie die gewünschte Information: An dieser Ecke in London befand sich *Ed's Corner Store.* Das war ein kleiner Laden im Erdgeschoss eines zweistöckigen Wohnhauses aus roten Ziegeln. Mona erblickte nicht nur ein Foto des Gebäudes, auch eine Mobilnummer und die Öffnungszeiten wurden ihr mitgeteilt.

»Wollen wir mal hoffen, dass Trish heute arbeitet.«

Mit diesen Worten tippte die Ermittlerin die Mobilnummer samt britischer Vorwahl in ihr Smartphone. Ein ungewohntes Freizeichen ertönte mehrmals. Wenig später meldete sich eine jung klingende Frauenstimme. Der folgende Wortwechsel erfolgte auf Englisch.

»Hallo, du sprichst mit *Ed's Corner Store*. Ich bin Trisha. Was kann ich dir Gutes tun?«

»Ich bin Kriminalbeamtin aus Deutschland, mein Name ist Mona Sander ...«

»Wirklich witzig! Habt ihr nichts Besseres zu tun als mich von der Arbeit abzuhalten, ihr blöden Gurkennasen?«, fauchte die Verkäuferin empört.

Die Kommissarin musste verhindern, dass das Gespräch weggedrückt wurde. Sie rief: Du glaubst mir nicht? Schalt deine Kamera ein!«

Natürlich wusste Mona nicht, ob Trish ein Smartphone oder ein normales Handy benutzte. Es handelte sich schließlich um den Anschluss des Ladens. Auch die Kommissarin hatte die Kamerafunktion aktiviert. Tatsächlich erblickte sie nun Trish. Die Londonerin schien etwas jünger als Mona zu sein, und der Rotton ihres Haars war erheblich ausgeprägter als bei der rotblonden Kriminalistin. Trish trug eine weiße Schürze über einem T-Shirt mit Leopardenmuster. Hinter ihr erblickte man Regale mit Süßigkeiten, Tabakwaren und Schnickschnack. Die Ermittlerin richtete die Kamera erst auf sich selbst, dann auf Enno – der freundlich winkte – und schließlich Richtung Fenster. Da der Arbeitsraum der Kommissare im Erdgeschoss lag, flanierten draußen auf der Strandstraße die Urlauber vorbei. Dann verließ Mona kurz ihr Dienstzimmer und ging nach vorn ins Wachlokal, wo sie die Kamera auf Grietje und einige andere uniformierte Kollegen richtete. Als die freche Polizistin dies bemerkte, streckte sie die Zunge heraus. Mona zwinkerte ihr zu und kehrte an ihren Arbeitsplatz zurück. Trish hatte es kurzzeitig die Sprache verschlagen. Jetzt sagte sie: »Hey, du hast nicht gelogen. Sorry, dass ich dir erst nicht geglaubt habe – aber was will die deutsche Polizei von mir?! - Moment mal, ist Janina etwas passiert?«

Mona atmete tief durch und antwortete: »Leider muss ich dir mitteilen, dass Janina Eger nicht mehr lebt.«

Trish brach in ein Schluchzen aus. Selbst auf dem kleinen Monitor ihres Smartphones konnte Mona erkennen, wie sehr diese Neuigkeit die Frau schmerzte. Ausgerechnet in diesem Moment ertönte das Bimmeln der Ladenglocke. Trish presste sich ein Papiertaschentuch vor die Nase und schaute jemanden an, den die Kommissarin nicht sehen konnte: »Jetzt nicht, Jim! Bitte … lass mich! Geh eine Runde um den Block, ich brauche ein paar Minuten für mich. Danke.«

Ein älterer Mann versicherte, dass er für Trish da sein wollte, wenn sie Hilfe bräuchte. Dann schien er das Geschäft wieder verlassen zu haben. Trish wandte sich erneut Mona zu: »Jim ist ein Stammkunde. Wir sind hier alle wie eine große Familie. Janina war wie eine Schwester für mich, obwohl sie keine gebürtige Londonerin ist.«

Sie schniefte, ihre Augen waren gerötet. Die Kommissarin zweifelte nicht daran, dass Trish freundschaftliche Gefühle für das Mordopfer gehabt hatte. Sie sagte: »Du hattest eben sofort vermutet, dass Janina in der Klemme steckt. Wie kommst du darauf?«

»Wie gesagt – weil du von der deutschen Polizei bist und ich nur mit *einer* Frau enger befreundet bin, die aus Germany stammt. Wir haben hier ansonsten Kunden aus Bolivien, aus Portugal, Polen, Argentinien … und außerdem ist – war – Janina in Gefahr, weil dieser Psycho sie nicht in Ruhe gelassen hat.«

Mona durfte ihr keine Worte in den Mund legen, deshalb vergewisserte sie sich: »Kennst du seinen Namen, Trish?«

»Er heißt Markus Arnold und ist ihr Ex-Freund, wobei er das Ende der Beziehung nicht akzeptiert. Ich habe ihn schon mal höchstpersönlich weggejagt, weil er vor dem Laden herumlungerte.« Sie machte eine kurze Pause und fügte hinzu: »Am nächsten Tag war meine Katze tot.«

»Und du glaubst, dass Arnold dahintersteckt?«

»Beweisen kann ich es leider nicht, Mona. Natürlich habe ich die Polizei gerufen. Jemand muss in meine Wohnung eingedrungen sein und Gift gelegt haben. Es gab keine verwertbaren Spuren, also wurden die Ermittlungen eingestellt. Vielleicht wollten sich deine Kollegen wegen einer Katze nicht allzu sehr anstrengen, ich weiß es nicht.«

Die Kommissarin biss die Zähne zusammen. Sie war immer schon tierlieb gewesen, lange bevor sie Rufus »adoptiert« hatte. Ein unschuldiges Lebewesen zu töten, nur um sich an Trish zu rächen – diese Handlungsweise passte exakt in das Bild, das Mona von Arnold hatte.

»Es tut mir sehr leid, dass du diese Erfahrung machen musstest, Trish. Weißt du, ob Janina ihren Ex-Freund wegen Stalking angezeigt hat?«

»Janina hat natürlich mitbekommen, dass ich wegen meiner vergifteten Katze ziemlich geknickt war. Sie kam jeden Morgen in den Laden und hat sich einen Kaffee zum Mitnehmen geholt, also trafen wir uns oft. Nachdem sie vom Tod meines Haustiers hörte, wurde sie bleich. Janina wird geahnt haben, wer dahintersteckte, obwohl sie es nie aussprach. - Ich glaube nicht, dass sie die Polizei informiert hat. Hätte ich nicht als Zeugin vernommen werden müssen? Schließlich habe ich mit eigenen Augen gesehen, wie Arnold ihr aufgelauert hat.«

Die Ermittlerin musste an die Zeugenaussage von Sebastian Lampe denken, der den Streit zwischen Janina Eger und Markus Arnold beobachtet hatte. Offensichtlich war der Mordverdächtige von dieser Frau besessen gewesen. Oder steckte noch ein anderes Motiv hinter der Bluttat, das die Kommissarin noch nicht erkennen konnte? Trishs Stimme riss sie aus ihren Überlegungen: »Ein paar Tage vergingen, und Janina ging es besser. Sie erwähnte einmal beiläufig, dass Arnold keine Gefahr mehr für sie wäre. Ich nahm an, dass die Polizei ihn sich vorgenommen hatte und fragte nicht weiter nach. Außerdem schickte sie mir Fotos von einem Ferienhaus in Brighton, das sie sich gerade gekauft hatte – Luxus pur, sage ich dir!«

Mona horchte auf: »Wann war das ungefähr? Und – könntest du diese Bilder an mich weiterleiten?«

»Das muss vor ungefähr drei Wochen gewesen sein. Und ja, ich schick dir die Fotos gleich. Denkst du, dass dieses Haus etwas mit ihrem Tod zu tun hat?«, wollte die Verkäuferin wissen.

»Das kann ich noch nicht sagen, Trish. Mein Kollege und ich dürfen keine Möglichkeit ausschließen. Du bist aber sicher, dass Janinas Stimmung in letzter Zeit besser war?«

»Ja, sie lachte viel und schmiedete Zukunftspläne. Es war von einer Weltreise auf einem Kreuzfahrtschiff die Rede.«

»Hatte Janina einen neuen Mann kennengelernt?«, hakte Mona nach. »Oder wollte sie allein in See stechen?«

»Weder noch«, erwiderte Trish, »sie wollte zusammen mit einer guten Freundin fahren, die ich allerdings nicht kenne … wie war noch der Name … Kate oder so ähnlich.«

»Kati?«, schlug die Kommissarin vor, während sich ihr Herz zusammenkrampfte.

»Richtig, die Freundin heißt Kati«, bestätigte die Engländerin. »Jetzt fällt es mir wieder ein. Kati ist auch eine Deutsche, es gibt hier so eine Gruppe, die sich regelmäßig in einem Pub trifft. Daher kennen die beiden einander, wenn ich das richtig verstanden habe.«

Kapitel 13

Nachdem Trish die Fotos von dem Ferienhaus in Brighton an Mona gesendet hatte, bedankte sich die Kommissarin für das Gespräch. Sie versprach der Verkäuferin, sie über die weitere Entwicklung auf dem Laufenden zu halten.

»Du darfst diesen Mistkerl nicht davonkommen lassen! Ich hoffe, dass Arnold bald seine gerechte Strafe bekommt«, sagte die resolute Engländerin zum Abschied. Mona zeigte Enno die Aufnahmen von der Urlaubsimmobilie in dem beliebten britischen Badeort. Außerdem berichtete sie ihm, was sie von Trish erfahren hatte.

»Dein Englisch klang wirklich sehr überzeugend und flüssig«, lobte der Oberkommissar und fügte hinzu: »Hoffentlich wirst du nicht von Scotland Yard abgeworben.«

Seine Kollegin lächelte verkrampft, sie bekam vor Verlegenheit rote Ohren: »Na, wenn du meinst … mich interessiert eher, was du von diesem prachtvollen Ferienhaus hältst.«

»Das ist auf jeden Fall ein Objekt im Hochpreisbereich«, erwiderte der Ostfriese. Mona konnte ihm nur zustimmen. Als Borkumer Kriminalistin kam sie sich manchmal schon wie eine halbe Grundstücksmaklerin vor. Berufsbedingt musste sie nämlich zahlreiche Häuser und Wohnungen aufsuchen und sich dort genau umschauen, wodurch ihr Immobilien-Sachverstand im Lauf der Jahre immer weiter geschärft wurde. Enno sagte: »Es gibt ein Tageslicht-Bad, Marmor-Fußboden, Blick aufs Meer und noch viele andere Extras – ich schätze, dass Janinas Ferienhaus ein hübsches Sümmchen gekostet haben dürfte. Selbst wenn sie nur eine Anzahlung geleistet hat, wird das ein fünfstelliger Betrag gewesen sein. Wir sollten in Erfahrung bringen, wie viel sie in ihrem Job verdient.«

»Enno, die Lebenshaltungskosten in London sind irrsinnig! Das habe ich selbst erfahren, als ich dort im Urlaub war. Ich kann mir nicht vorstellen, dass sie große Rücklagen bilden konnte. Wenn Janina sich also zusätzlich noch so eine Luxusbude an der Küste leistet, dann hat sie entweder im Lotto gewonnen oder sie erhielt lukrative Nebeneinnahmen, die vielleicht nicht ganz gesetzmäßig waren. Und eine Weltreise auf einem Kreuzfahrtschiff kann man übrigens auch nicht vom Taschengeld bezahlen. Zudem hat meine liebe Freundin Kati diesen geplanten Trip mir gegenüber mit keiner Silbe erwähnt!«

»Lass uns gemeinsam überlegen, wie wir die neuen Informationen einordnen sollen«, schlug er vor. »Arnold scheint Janina immerhin eine Zeitlang in Ruhe gelassen zu haben. Dafür kann es aus meiner Sicht zwei unterschiedliche Gründe geben: Entweder haben die Londoner Kollegen sich diesen sauberen Herrn vorgeknöpft und auf die Folgen seiner Handlungen hingewiesen – oder Janina fand eine Möglichkeit, das Angenehme mit dem Nützlichen zu verbinden.«

»Bei der zweiten Variante kann ich dir nicht ganz folgen«, gestand Mona.

»Bisher ist es ja auch nur eine Vermutung«, betonte Enno und fuhr fort: »Lass uns für den Moment ausklammern, dass Janina zur Polizei gegangen sein könnte. Sie muss es auf andere Weise geschafft haben, Arnold vorübergehend kaltzustellen und gleichzeitig ihr Einkommen zu erhöhen. Und da fällt mir als möglicher Grund auf Anhieb eine gelungene Erpressung ein.«

Mona ließ die Worte des erfahrenen Kriminalisten auf sich wirken, bevor sie etwas sagte: »Ja, das leuchtet mir ein – vor allem, weil das Mordopfer und unser Verdächtiger beide für dasselbe Unternehmen gearbeitet haben beziehungsweise immer noch arbeiten. Angenommen, Janina findet Beweise für seine krummen Touren. ‚Entweder lässt du mich in Ruhe und zahlst mir außerdem Schweigegeld – oder ich gehe mit meinem Wissen zur Polizei'. So oder ähnlich könnte sie ihm gedroht haben. Und Arnold hat zunächst klein beigegeben, natürlich nur zum Schein. Wir kennen inzwischen seinen Charakter. Er kann es nicht ausstehen, wenn jemand sich ihm entgegenstellt. Also schmiedet er einen perfiden Plan, um die Frau, die ihn zurückgewiesen hat, für immer zum Schweigen zu bringen. Welche Rolle Kati dabei spielt, wissen wir nicht.«

»Jedenfalls keine positive!«, stieß Mona enttäuscht hervor. »Wir sind uns ja wohl darüber einig, dass meine Freundin das ‚zufällige' Zusammentreffen mit Janina auf dem Leuchtturmplateau eingefädelt hat. Ich sage es nicht gern, aber sie scheint sich als willige Handlangerin des Mörders betätigt zu haben.«

Der Ostfriese schüttelte den Kopf: »Ich kann verstehen, dass du momentan nicht gut auf Kati zu sprechen bist – aber noch kennen wir nicht alle Fakten. Wenn Janina diese Kreuzfahrt rund um die Welt wirklich mit deiner Freundin machen wollte, dann müssen die beiden wirklich ein Herz und eine Seele gewesen sein.«

Jedenfalls war das Vertrauen zwischen ihnen größer als zwischen Kati und mir, dachte Mona. Ihr war bewusst, dass Enno sie mit seiner Anmerkung nicht absichtlich verletzen wollte. Sein Gedankengang sollte zur Festnahme des Mörders führen, darauf kam es ihm an.

»Wann hattet ihr eigentlich Katis aktuellen Besuch auf Borkum geplant?«, fragte er nun.

»Als ich in London war, das ist nun schon einige Wochen her. Zu dem Zeitpunkt könnte Arnold bereits Janinas Gegenaktion zu spüren bekommen haben. - Moment mal! Glaubst du, dass Kati und Janina gemeinsame Sache gemacht haben?«

»Das wäre zumindest nicht undenkbar – zwei Freundinnen, die es dem Schurken heimzahlen und dabei auch noch absahnen wollen. Immer vorausgesetzt, dass meine Vermutung mit der Erpressung zutrifft.«

»Aber warum lotst Kati ihre Freundin nach Borkum, für ein inszeniertes Treffen auf dem Leuchtturm, das mit Janinas Tod endet? Wo komme ich ins Spiel? Kati kann sich doch denken, dass ich als Polizistin sofort ein solches Verbrechen untersuchen werde. Hofft sie, dass ich scheitere? Aber was hat sie davon?«

»Diese Fragen kann ich dir leider noch nicht beantworten, Mona. Vielleicht sind wir schlauer, nachdem wir das Notebook in Katis Hotelzimmer sichergestellt haben.«

»Ja, darauf könnte Beweismaterial gegen Arnold abgespeichert sein«, murmelte die Kommissarin. Sie versuchte, sich nicht allzu mutlos anzuhören. Aber es kam ihr so vor, als ob Arnold ihnen stets um mindestens zwei Schritte voraus wäre. Außerdem setzte die Vorstellung, dass ihre Freundin eine Kriminelle sein konnte, ihr mehr zu, als sie anfangs angenommen hatte. Bevor die Kommissare die Polizeistation verließen, klingelte Ennos Smartphone. Er nahm das Gespräch an, hörte kurz zu und sagte: »Danke, Aiske. Das sind gute Nachrichten. Du kannst jetzt Feierabend machen, deine Schicht war doch ohnehin schon fast vorbei.«

Er steckte das Gerät wieder weg. Mona warf ihm einen fragenden Blick zu: »Ich vermute, dass Rabea Otte an Bord einer Fähre gegangen ist?«

Enno antwortete: »Ja, genau. Aiske hat noch gewartet, bis das Schiff abgelegt hat. Rabea Otte sind wir los. Es scheint keine

Verbindung zwischen der Taschendiebin und Arnold zu geben. Sie hat jedenfalls nicht versucht, nach ihrer Entlassung aus dem Arrest hier auf Borkum mit ihm in Kontakt zu treten.«

»Die Kriminelle wurde ja auch nicht von ihm, sondern von Kati mit den Diebstählen beauftragt«, erinnerte die Kommissarin. Sie fügte hinzu: »Ich blicke noch nicht durch, was das Verhältnis der drei Personen zueinander anbelangt. Falls Kati in Arnold verknallt ist, hat sie dies jedenfalls sehr gut vor mir geheim gehalten.«

Während sie miteinander sprachen, hatten die Ermittler die Wache verlassen und gingen auf der Bismarckstraße Richtung Strand. Die Außenbereiche der beliebten Lokale waren gefüllt, die Menschen genossen ihren Urlaub.

»Wie konnte Rabea Otte überhaupt wissen, welches Notebook sie mitgehen lassen sollte?«, rätselte Mona.

»Diese Frage habe ich ihr auch gestellt, während du den Verhörraum verlassen hattest«, antwortete ihr Kollege, »und die Antwort ist simpel: Das eine Gerät stammt aus südkoreanischer Produktion, das andere aus chinesischer. Die Auftraggeberin – also Kati – hatte der Diebin eingeschärft, das Korea-Notebook zu stehlen.«

»Also muss sie gewusst oder zumindest vermutet haben, was für Daten sich auf dem Computer befinden«, stellte die Kommissarin fest. Sie fügte hinzu: »Die Puzzleteile passen nicht zusammen, oder? Einerseits waren Kati und Janina Busenfreundinnen, die sogar zusammen auf Weltreise gehen wollten. Andererseits heuert Kati eine Profi-Kriminelle an, um eben diese Janina jederzeit orten zu können. Und ihr Notebook lässt sie ihr auch noch wegnehmen.«

»Dafür gibt es eine einfache Erklärung«, meinte Enno, »aber sie wird dir nicht gefallen.«

»Lass sie mich trotzdem hören!«, bat sie. Der Oberkommissar sagte: »Wir vermuten ja momentan, dass Kati und Janina gemeinsam Arnold unter Druck gesetzt und ihm das Geld aus der Nase gezogen haben. - Aber was wäre, wenn Kati ihre Komplizin ausbooten wollte, um in Zukunft allein zu kassieren? Dazu benötigte sie ein Druckmittel, nämlich die Beweise auf dem Notebook. Und um Janina unter Kontrolle behalten zu können, hat sie ihr diesen Ortungs-Chip in der falschen Krankenkassenkarte verpasst. Der Kontakt zwischen Kati – der Auftraggeberin – und der Taschendiebin kam ja offenbar durch gemeinsame Bekannte zustande. Ich weiß nicht, ob deine Freundin in solchen Kreisen verkehrt?«

»Falls das so sein sollte, hat sie es jedenfalls gut vor mir verheimlicht, Enno. Und du hast recht – diese Vermutung mag ich überhaupt nicht. Vor allem, weil sie wahrscheinlich zutrifft.«

Während ihres Gesprächs hatten die beiden das *Hotel Teutonia* erreicht. Die Ermittler gingen zur Rezeption. Mona stellte zu ihrer Erleichterung fest, dass Dirk Cordsen momentan nicht in Sichtweite war. Die Hektik des Hoteliers wirkte nämlich ansteckend auf sie, wenn es ihr nicht gut ging. Und momentan war Mona weit von guter Laune entfernt. Sie wandte sich an eine der Rezeptionistinnen: »Moin, Sie wissen ja, wer wir sind. Mein Kollege und ich benötigen den Schlüssel von Zimmer 222. Einen Durchsuchungsbeschluss haben wir nicht, aber es liegt Gefahr im Verzug vor!«

Die Kommissare waren dem Hotelpersonal bekannt. Daher hatte die Angestellte kein Problem damit, Mona einen Reserveschlüssel zu übergeben. Der bei Rabea Otte beschlagnahmte Zimmerschlüssel war ein Beweisstück in dem zukünftigen Strafprozess gegen die Taschendiebin. Mona und Enno nahmen den Lift zum zweiten Stockwerk. In Zimmer 222 war die Putzkolonne offenbar schon mit der Arbeit fertig. Das Bettenmachen hatten sich die Reinigungskräfte allerdings schenken können, denn Kati war ja während der Nacht nicht hier gewesen. Der Kommissarin fiel ein Stein vom Herzen, als sie das Notebook auf dem Schreibtisch stehen sah. Sie hatte schon befürchtet, dass Arnold abgebrüht genug gewesen wäre, das Gerät zu holen – oder von Kati holen zu lassen. Warum hatte er dies eigentlich nicht getan? Auf diese Frage gab es zwei mögliche Antworten. Entweder hatte Kati ihm verschwiegen, dass sie Janinas Computer hatte stehlen lassen. Dies wäre nach Monas Meinung ein gutes Zeichen gewesen. Es bedeutete nämlich, dass ihre Freundin dem Schurken nicht vertraute. Die andere Variante bestand darin, dass Arnold damit rechnete, dass die Rezeptionistin bei Katis Erscheinen die Polizei verständigen würde. *Bisher hat der Mistkerl ja alle Möglichkeiten berücksichtigt,* dachte die Kommissarin missmutig. Sie klappte das Gerät auf. Natürlich war es passwortgeschützt. Sie hatte nichts anderes erwartet.

»Vermutlich werden die Dateien sowieso verschlüsselt sein«, sagte sie. »Diese Nuss müssen die Kriminaltechniker in Oldenburg knacken. Und wenn die Kollegen das Handtuch werfen, werden die

Spezialisten beim Landeskriminalamt garantiert zu einem Ergebnis kommen. Es gibt nur ein Problem: Bis wir eine Rückmeldung kriegen, wird mein Kind eingeschult.«

»Du hast doch gar kein Kind«, gab Enno zu bedenken.

»Das weiß ich selbst! Aber ich *könnte* ja schwanger werden und neun Monate später niederkommen, oder? Und während meine Tochter oder mein Sohn größer wird, tappen wir immer noch bezüglich der Dateien im Dunkeln.«

»Sei nicht so pessimistisch«, mahnte Enno. »Wir machen das Notebook gleich versandfertig, damit in Oldenburg so bald wie möglich mit der Arbeit begonnen werden kann. Und wir konzentrieren uns jetzt darauf, Arnold und Kati zu finden. - Vorher würde ich gern noch eine Kleinigkeit essen.«

Der Ostfriese speiste für sein Leben gern, was ihm unschwer anzusehen war. Mona glaubte nicht, dass sie einen Bissen herunterbekommen würde. Katis ungewisses Schicksal war ihr buchstäblich auf den Magen geschlagen. Aber sie wusste aus Erfahrung, dass sie jetzt nicht die Hungerkünstlerin spielen durfte. Wenn sie und ihr Kollege noch viele Stunden intensiver Ermittlungen vor sich hatten, dann mussten sie sich einfach stärken.

»Gut, dann lass uns ins *Bistro bei Georgi* gehen, das liegt sowieso auf unserem Rückweg.«

»Ja, da waren wir lange nicht«, erwiderte ihr Kollege. Sie gingen zu dem beliebten Imbisslokal in der Bismarckstraße. Mona bestellte sich den Norwegischen Salat, Enno gab dem Schweinenackensteak mit Pommes frites und Kräuterbutter eine Chance. Während die Kommissare auf ihr Essen warteten, machten sie es sich im Außenbereich bequem, tranken Sanddorn-Limo und beobachteten die vorbeiflanierenden Menschen zwischen Strand und Inselbahnhof.

»Arnold muss mit illegalen Machenschaften viel Geld verdient haben«, vermutete der Oberkommissar, »denn wenn das nicht so wäre, hätte Janina ihm wohl kaum eine größere Summe für ihr Ferienhaus und die Weltreise aus der Nase ziehen können. Einem Nackten kann man bekanntlich nicht in die Tasche greifen.«

Seine Kollegin ergänzte: »Ja, und sein Verbrechen muss etwas mit seiner Berufstätigkeit zu tun haben. Die Vermutung liegt zumindest nahe, denn Arnold und Janina kannten sich durch die Arbeit. Sie wird

Informationen an sich gebracht haben, die ihn ins Gefängnis hätten bringen können – und sich dadurch ihr eigenes Grab geschaufelt.«

»Gut, dass Oltbeck unser Gespräch nicht hören kann«, gab Enno schmunzelnd zurück, »er würde uns unter die Nase reiben, dass wir für alle diese Annahmen nicht den geringsten Beweis haben.«

Mona reagierte nicht sofort. Ihr Kollege musste den Eindruck gewinnen, dass sie ihm nicht zugehört hätte.

»Entschuldige … ich habe gerade wieder an Kati gedacht. Wenn Arnold sie in seine Gewalt gebracht hat, um sein Entkommen zu erzwingen – warum meldet er sich nicht?«

»Ich vermute, dass er uns verunsichern will«, antwortete Enno und fuhr fort: »Denk nur an die Clownpuppe. Hat Arnold die Yacht nur zu dem Zweck gemietet, eine falsche Spur zu legen und uns in die Irre zu führen? Das würde ich ihm durchaus zutrauen. Und warum musste Kati ihre komplette Kleidung austauschen? Weil der Verdächtige gemeinsam mit ihr unauffindbar sein will. Wir dürfen uns nicht von ihm nervös machen lassen. Er wird erst dann mit uns Kontakt aufnehmen, wenn es zu seinen Plänen passt.«

Mona wollte etwas erwidern, aber nun war zunächst ihr Essen servierfertig. Während die beiden sich ihren leckeren Speisen widmeten, dachte die Kriminalistin über ihre Freundin nach. Geld hatte Kati in der Vergangenheit nie viel bedeutet, aber das Leben in London konnte sie verändert haben. Sie arbeitete in einem Job, in dem harte Konkurrenz völlig normal war. Mona hingegen riskierte als Polizistin zwar im Extremfall ihr Leben, war aber andererseits als Beamtin gut abgesichert – was auf Kati nicht zutraf. Ob ihre Freundin der Versuchung erlegen war, ihre Einnahmen illegal aufzubessern? Noch vor wenigen Tagen hätte die Kommissarin diese Annahme weit von sich gewiesen, aber jetzt lagen die Dinge anders. Insbesondere, wenn es sich bei dem Geschädigten um einen Schurken wie Arnold handelte. Es würde etlichen Leuten wahrscheinlich keine Gewissensbisse bereiten, ihm sein ergaunertes Geld abzunehmen. Mona schaffte es tatsächlich, ihren Teller leerzuessen, obwohl sie kaum Appetit hatte. Danach fühlte sie sich etwas besser. Nachdem die beiden ihre Mahlzeit beendet hatten, gingen sie zur Polizeiwache zurück und fuhren ihre Computer hoch.

»Arnold mag ein cleverer Bursche sein, aber er ist auch eitel«, stellte Enno schon nach wenigen Minuten fest, »und deshalb können wir jetzt zumindest schon mal die Frage beantworten, warum er die Frau mit nur einem gezielten Stich töten konnte.«

»Ich weiß nicht, wie du zu dieser Schlussfolgerung kommst«, musste Mona zugeben. »Ich sehe auch, dass Arnold in den sozialen Medien sehr aktiv ist. Aber warum macht seine Selbstverliebtheit ihn zu einem brandgefährlichen lautlosen Killer?«

Enno stellte eine Gegenfrage: »Hast du nicht die Fotos von seinem *Survivaltraining* gesehen?«

Die Kommissarin rollte mit den Augen: »Doch, die sind mir ebenfalls aufgefallen. Aber ich weiß nicht, worauf du hinaus willst. Arnold lässt sich inmitten von einem halben Dutzend anderer Kerle ablichten, die genau wie er dreckig und verschwitzt sind, freudestrahlend Regenwürmer essen und Wasser aus Bächen trinken – wo siehst du den Bezug zu unserem Mord?«

»Beim Trainer – der Muskelmann, der direkt neben Arnold sitzt und ihm den Arm auf die Schultern legt. Er trägt ein T-Shirt mit der Aufschrift SBS.«

»Das sehe ich auch«, gab Mona ungeduldig zurück, »ich nahm an, dass die drei Buchstaben für die Firma stehen, bei der diese Survivalkurse buchbar sind.«

Der Ostfriese schüttelte den Kopf: »Nee, SBS steht für *Special Boat Service*. Das ist eine Elitetruppe der britischen Armee, die für Sabotage hinter den feindlichen Linien ausgebildet ist, was auch Attentate beinhalten kann. Wir sprechen über hochriskante Missionen. Die Soldaten sind Einzelkämpfer, sie können mit den unterschiedlichsten Waffen umgehen und mit bloßen Händen großes Unheil anrichten. Mit diesen Burschen sollte man sich besser nicht anlegen. Das Motto des SBS lautet übrigens *Durch Stärke und List*.«

Mona schaute sich das entsprechende Foto noch einmal an. Sie hatte bisher nie daran gedacht, dass ein Survival-Training auch Kampftechniken beinhalten könnte. Aber völlig abwegig war dies nicht.

»Arnolds Trainer sieht jedenfalls so aus, als ob man mit seinem Anblick kleine Kinder erschrecken könnte«, stellte die Kommissarin trocken fest. »Und außerdem scheint er Arnold ganz besonders zu schätzen. Woher weißt du so gut über den SBS Bescheid, Enno? Ich komme mir jetzt richtig ungebildet vor.«

»Dafür gibt es keinen Grund«, meinte der Ostfriese und erklärte: »Als Borkum noch Marine-Stützpunkt war, hatte ich einen Freund, der als Kampfschwimmer eingesetzt wurde. Er hat noch einige Jahre auf der Insel gewohnt, nachdem er nicht mehr Zeitsoldat war. Von ihm habe ich einiges über mit den Kampfschwimmern vergleichbare Spezialtruppen bei den anderen NATO-Streitkräften erfahren, also auch über den SBS.«

»Und du hältst es für möglich, dass ein solcher Elitesoldat sein Wissen einfach an Zivilisten weitergibt? Ich dachte, diese Survivalleute lernen höchstens, wie man sich im Wald aus Ästen und Laub eine Hütte baut und ohne Streichhölzer ein Lagerfeuer entfacht.«

Enno erwiderte: »Der Trainer wird sicher nicht jedem seiner Schützlinge beigebracht haben, wie man jemanden lautlos ins Jenseits befördert«, schränkte Enno ein, »aber bei Arnold handelt es sich um einen sehr manipulativen Menschen. Er hat wahrscheinlich die richtigen Worte gefunden, um sein Ziel zu erreichen.«

»Ja, deine Vermutung beantwortet zumindest eine unserer vielen Fragen«, gab Mona seufzend zurück. Sie fuhr fort: »Leider ist es mir noch immer ein Rätsel, wodurch Arnold sich erpressbar gemacht haben könnte. Ich habe hier die Homepage seines Arbeitgebers. Wenn ich es richtig verstehe, handelt es sich bei *Sims Med* um einen Hersteller von Medikamenten gegen Rheuma, Migräne und andere mit Schmerzen verbundene Krankheiten. Und Arnold ist in der Produktentwicklung tätig. Mir fehlt eine zündende Idee. - Ich fürchte, dass wir auf dem Holzweg sind, Enno. Die Fabrikation von Heilmitteln wird streng überwacht, in Großbritannien genauso wie bei uns. Ich sehe nicht, wie Arnold an seinem Arbeitsplatz hätte kriminell werden können.«

»Das ist ja bisher wirklich nur eine Annahme«, unterstrich der Oberkommissar. »Hast du die Aufnahmen schon gesehen, die unseren Verdächtigen am Pokertisch zeigen? Vielleicht hat er in seiner Freizeit ein Vermögen beim Glücksspiel gemacht – und Janina benutzte etwas ganz anderes als Hebel für ihre Erpressung. Du hast recht damit, dass wir uns nicht auf seinen Arbeitsplatz einschießen sollten.«

»Wir müssten Kontoeinsicht beantragen«, dachte Mona laut nach, »aber da Täter und Opfer in London leben und wahrscheinlich dort ihre Bankverbindungen haben, dauerte die Prozedur eine halbe Ewigkeit.«

Enno hob den rechten Zeigefinger: »Wir können aber jetzt sofort damit beginnen, nach Arnold und Kati Ausschau zu halten! Dafür benötigen wir keine Bankdaten und keine kriminaltechnischen Untersuchungen. Ich gehe davon aus, dass die beiden sich immer noch auf Borkum befinden. Und nun wissen wir, dass Arnold ein Survivaltraining hinter sich gebracht hat. Er ist also dazu in der Lage, draußen in der Natur zu überleben.«

»Kati wird jedenfalls nicht davon begeistert sein, unter freiem Himmel nächtigen zu müssen«, erwiderte Mona mit einem süßsauren Lächeln auf den Lippen. Sie fügte hinzu: »Ich kenne meine liebe Freundin – sie kriegt schon eine Krise, wenn ihr ein Fingernagel abbricht!«

»Es würde jedenfalls ins Bild passen, dass die beiden sich draußen verbergen«, meinte der Oberkommissar. »Warum hat Arnold Kati dazu gebracht, einen Jogginganzug zu tragen? Weil diese Textilie sich besser für eine Nacht unter freiem Himmel eignet als das elegante Kleid, das wir im Gehölz sichergestellt haben. Dieser Mann macht nichts aus einer Laune heraus, seine Aktionen sind durchdacht.«

Mona stieß langsam die Luft aus den Lungen: »Ja, das passt. Dieser Miesling hat sich genau überlegt, wie er vorgehen will, nachdem er Kati in seine Gewalt gebracht hat.«

Sie machte eine kurze Pause und fügte hinzu: »Oder sie ist ihm freiwillig gefolgt, wie auch immer. Ich weiß inzwischen nicht mehr, welche Variante ich schlimmer finden soll.«

»Sobald wir die beiden aufgespürt haben, werden wir die Wahrheit erfahren«, zeigte Enno sich zuversichtlich. »An Naturschutzgebieten herrscht auf unserer schönen Insel nun wirklich kein Mangel. Oltbeck könnte bei der Polizeileitung eine Hundertschaft anfordern, um die Dünenlandschaft systematisch zu durchkämmen – theoretisch zumindest.«

»In Wirklichkeit wird das nicht passieren«, meinte seine Kollegin, »denn erstens greift der Chef nur im äußersten Notfall auf Hilfe vom Festland zurück. Und zweitens würde er niemals eine solche Maßnahme genehmigen, nur weil Arnold mal einen Survivalkurs gemacht hat. Dafür reicht Oltbecks Fantasie einfach nicht aus.«

»Also müssen wir die Aufgabe zu zweit erledigen«, stellte der Oberkommissar fest. Erschwerend kam hinzu, dass große Teile der Insel nicht mit PKWs befahren werden durften. Enno ging zu der großen Landkarte von Borkum hinüber, die an der Wand hing: »Wo werden die beiden sich verstecken? Wenn ich Arnold wäre, dann würde ich einen Platz wählen, von dem aus ich nicht nur die Umgebung beobachten kann, sondern auch selbst nicht bemerkt werde.«

»Also kommt jede Dünenkrone infrage«, stellte Mona ernüchtert fest. »Wenn er sich flach auf den Boden legt, wird er größtenteils vom Strandgras verborgen und ist so gut wie unsichtbar, wenn man von unten zur Düne hinaufschaut.«

»Arnold hat jetzt allerdings Kati im Schlepptau«, erinnerte der Kriminalist. »Ist er Gentleman genug, um seiner weiblichen Begleitung wenigstens ein wenig Komfort zu ermöglichen?«

»Du denkst an eine Schutzhütte?«

»Richtig, Mona. Das ist in meinen Augen der Mittelweg zwischen einem Nachtlager auf dem Dünensand und einem weichen Bett.«

»Dann sollten wir sofort mit der Suche beginnen«, gab sie tatendurstig zurück. »Die nächste Schutzhütte ist an der *Greunen Stee*, richtig?«

»So ist es«, bestätigte Enno, »allerdings eignet sich dieser Ort tagsüber nicht wirklich gut als Versteck. Ich gehe davon aus, dass die beiden vor Einbruch der Dunkelheit in Bewegung bleiben, um nicht gefasst zu werden. Trotzdem könnten wir in der Hütte Spuren finden.«

Greune Stee wurde das größte Inselwäldchen Borkums genannt – ein fast sechzig Hektar großes Feuchtbiotop zwischen Dünen und Strand. Die Kommissare fuhren mit ihrem Dienstwagen so nahe wie möglich an ihr Ziel heran, bevor sie ihren Weg zu Fuß fortsetzten.

»Kati hat dich ja früher schon mal auf Borkum besucht?«, vergewisserte sich der Oberkommissar.

»Ja – sie kennt sich hier ein wenig aus. In der *Greunen Stee* sind Kati und ich schon mal spazieren gegangen, daran erinnere ich mich. Arnold konnte also von ihr tatkräftige Hilfe erwarten, als er sein Verbrechen auf der Insel plante!«

Darauf erwiderte Enno nichts. Monas Puls beschleunigte sich, als die Schutzhütte in Sicht kam. Unwillkürlich legte sie ihre Hand auf den Griff ihrer Pistole, die sie in einem Clipholster am Gürtel trug. Arnold war gefährlich, das hatte er zur Genüge bewiesen. Der kleine Holzverhau war überdacht und nach vorn offen. Daher konnte man erkennen, dass sich niemand darin befand. Zumindest kein Mensch.

Die Kommissarin presste die Lippen aufeinander. Auf der Holzbank erblickte sie eine Figur, die ihr ziemlich bekannt vorkam. Die Clownpuppe ähnelte dem Exemplar an Bord der Yacht wie ein Zwilling. *Wahrscheinlich wurde sie in demselben Spielwarengeschäft gekauft,* dachte die Kommissarin wütend. Ob Arnold den Ermittlern eine Falle stellen wollte? Mona stürmte nicht blindlings auf die Schutzhütte zu, sondern ließ ihre Blicke zunächst über die bewaldete Umgebung schweifen. Die Vegetation war dicht, aber reichte nicht aus, um einen Heckenschützen zu tarnen. Trotzdem war die Kommissarin vorsichtig, als sie nach dem Possenreißer in Puppengestalt griff. Auch dieses Exemplar hielt wieder eine Ansichtskarte in seinen Stoffhänden. Auf der Rückseite stand: »Ganz kalt, Mona«. Kati hatte diese Worte geschrieben und wieder mit einem Lippenstiftabdruck verziert.

Kapitel 14

»Wirklich sehr amüsant!«, wütete Mona. »Wie alt bist du eigentlich, acht oder neun Jahre? Verstecken spielen ist ziemlich out, meine Beste!«

»Lass dich nicht ärgern«, riet Enno. »Immerhin wissen wir jetzt, dass wir auf der richtigen Spur sind. Arnold und Kati nutzen das Naturschutzgebiet, um sich vor uns zu verstecken. - Aber ich habe noch ein Ass im Ärmel.«

Die Kommissarin schaute ihren Kollegen fragend an. Er fuhr fort: »Nach Einbruch der Dunkelheit wird ein Hubschrauber der Küstenwache über die Insel fliegen. Er ist mit Wärmebildkameras ausgestattet. Erfahrungsgemäß halten sich nachts kaum Menschen im Naturschutzgebiet auf. Danach lässt sich zumindest genauer eingrenzen, wo sich die beiden befinden könnten.«

»Und diese Amtshilfe durch die Küstenwache wird Oltbeck absegnen?«, fragte Mona skeptisch. Ihr Kollege zuckte mit den Schultern: »Ich habe einen guten Draht zum Kommandanten der Lufteinheit. Die Küstenwache patrouilliert doch ohnehin in unserem Bereich, immerhin sind wir Grenzregion. Lass uns erst einmal abwarten, ob die Suche aus der Luft etwas bringt. Falls nicht, nehme ich das auf meine Kappe.«

»Also willst du den Chef gar nicht erst informieren?«

»Ich tu einfach so, als ob ich es vergessen hätte«, gab der Ostfriese lächelnd zurück, »Das kann in meinem Alter schon mal vorkommen.«

Die Ermittler packten die Clownpuppe in einen Beweismittelbeutel. Auf dem Rückweg zum Auto rätselte Mona, ob sie und Enno von den Verdächtigen aus sicherer Entfernung beobachtet wurden. Außerdem bereitete sie sich darauf vor, dass die Reifen in ihrer Abwesenheit zerstochen worden waren. Das war allerdings nicht geschehen. Die Kommissarin ging trotzdem davon aus, dass noch weitere unangenehme Überraschungen auf sie warten würden. Als sie im Auto saßen, nahm Enno Kontakt mit der Küstenwache auf. Der Überflug ließ sich unproblematisch organisieren.

»Hast du heute Abend schon etwas vor?«, fragte Enno, nachdem er das Telefonat beendet hatte.

»Nichts Besonderes«, gab sie zurück.

»Um halb zehn landet der Heli auf dem Flugplatz, wir dürfen eine Runde mitfliegen«, erwiderte er. Daraufhin lehnte sie ihren Kopf gegen seine Schulter.

»Ich wollte immer schon mal mit dir in den Sonnenuntergang fliegen«, säuselte sie. Er lachte: »Ich bin froh, dass du deinen Humor wiedergefunden hast.«

»Ja, Kati beansprucht mein Nervensystem ziemlich stark, was dir natürlich nicht entgangen ist«, gab sie zurück. Die Ermittler ließen die Zeit bis zum Sonnenuntergang natürlich nicht ungenutzt verstreichen. Sie überprüften noch die Schutzhütte am Tüskendördeich, wo sie allerdings keine Hinweise auf das Duo fanden. Enno gab seiner Frau Bescheid, dass es später werden würde. Die Kommissare fuhren zum Flugplatz, wo zur verabredeten Zeit der Hubschrauber vom Typ *Super Puma* auf dem Landeplatz aufsetzte. Mona fühlte sich plötzlich aufgeregt wie ein kleines Kind. Natürlich war sie schon öfter in der Luft unterwegs gewesen, aber ein nächtlicher Rundflug über Borkum gehörte nicht zu ihren bisherigen Erfahrungen. Nachdem die Kommissare in den Helikopter geklettert waren, wurden sie vom Copiloten mit Handschlag begrüßt und durften ihre Plätze einnehmen. Wenig später hob der Hubschrauber wieder ab. Inzwischen hatte sich die Dunkelheit schon über das Eiland und die umgebende Nordsee gesenkt. Die hellen Lampen des Städtchens Borkum und die Positionslaternen der Schiffe auf hoher See bildeten leuchtende Punkte in der Finsternis. Nur am Horizont glomm noch ein letzter Rotschein der untergehenden Sonne. Und natürlich stachen die starken Lichtsäulen der Leuchttürme durch die Dunkelheit. Der romantische Anblick hätte Monas Herz berührt, wenn da nicht ihr Jagdfieber gewesen wäre.

»Wie kommt die Wärmebildkamera zum Einsatz?«, rief sie dem Copiloten ins Ohr, um das Rotorengeräusch zu übertönen.

»Wir kreisen im Tiefflug über dem Naturschutzgebiet«, gab er mit derselben Lautstärke zurück. »Und wenn die Sensoren größere Lebewesen erfassen, werden entsprechende Bilder produziert!«

Die Kommissarin fragte sich, ob Arnold auch einen Hubschraubereinsatz vorausgesehen haben konnte. Es war beinahe unheimlich, wie dieser Verbrecher den Ermittlern stets mindestens einen Schritt voraus zu sein schien. Der Mordverdächtige hatte natürlich einen entscheidenden Vorteil: Durch Kati würde er erfahren haben, wie Mona fühlte und dachte. Entsprechend konnte er seine Schlussfolgerungen ziehen. Sie verdrängte den Gedanken an ihre Freundin und konzentrierte sich ganz auf die Suche. Der Helikopter schwirrte zunächst über dem Strand Richtung Ostland. Die Kamera erfasste ein Objekt, das sich als ein Seehund erwies. Er bewegte sich schnell vom Sand weg in Richtung Brandung, offenbar hatte ihn das Rotorengeräusch aufgeschreckt. An der Ostspitze Borkums wechselte der Hubschrauber die Richtung und flog nun zum Fährhafen. Auf dem Deich gelang eine Aufnahme von einer Person auf einem Fahrrad. Enno funkte einen Kollegen am Boden an, der dorthin fuhr und eine Überprüfung vornahm. Es handelte sich nicht um Kati oder Arnold, wie die Kommissare wenig später erfuhren. Um diese Uhrzeit waren nicht mehr viele Menschen im Inselinneren unterwegs. Natürlich pulsierte auf der Promenade und der Ausgehmeile Bismarckstraße immer noch das Leben, aber im Naturschutzgebiet hielten sich kaum noch Menschen im Freien auf. Darüber wunderte Mona sich nicht, denn Lampen waren hier spärlich gesät – und den Blick von einer Dünenkrone aus konnte man um diese Uhrzeit auch nicht mehr genießen. Während der nächsten Überflüge wurden keine weiteren Personen in dem Gebiet gesichtet. Zum Glück war es in der Glaskanzel des Hubschraubers ziemlich dunkel, so dass die Enttäuschung auf Monas Gesichtszügen nicht allzu deutlich erkannt werden konnte. Enno verstand natürlich trotzdem, wie sie sich fühlte.

»Danke für eure Hilfe, Kollegen!«, sagte sie zum Abschied und setzte ein Lächeln auf, das so falsch wie ein 3-Euro-Schein war. Der Küstenwache-Helikopter setzte die beiden wieder auf dem Flugplatz ab. Mona schaute der Maschine hinterher, wie sie mit blinkenden Positionslaternen wieder in den Nachthimmel aufstieg.

»Einen Versuch war es wert«, meinte der Oberkommissar, während sie zu ihrem Auto gingen. Er fuhr fort: »Morgen ist auch noch ein Tag, und es gibt ja eine weitere Versteckmöglichkeit.«

»Wovon sprichst du?«, wollte sie wissen.

»Meine Überlegung ist noch zu unausgegoren, Mona.«

Darauf erwiderte sie nichts. Ihre Stimmung war im Keller, und sie wollte ihre schlechte Laune nicht an ihrem besten Freund ablassen. Das hatte Enno nicht verdient, und seine Idee mit dem Hubschrauber hätte ja wirklich zum Erfolg führen können. *Vielleicht sind Kati und Arnold schon längst über alle Berge,* dachte sie. Die Rückfahrt zur Wache verlief schweigend. Mona hatte keine Lust zum Reden, und ihr Kollege registrierte dies natürlich. Sie ging kurz hinein, um ihre Dienstwaffe einzuschließen. Dann verließ die Kommissarin die Polizeistation wieder und schnappte sich ihr Rad.

»Wir sehen uns dann morgen«, sagte Enno und blinzelte ihr zu.

»Ja, bis dann«, erwiderte sie und schwang sich in den Sattel. Normalerweise konnte sie auf dem vier Kilometer langen Weg von der Wache zu ihrer Wohnung ein wenig den Stress ihres Jobs wegstrampeln. Doch in dieser Nacht funktionierte es nicht. Als sie nach sechs Minuten in die Walfangerstrate einbog, war sie innerlich noch genauso angespannt wie beim Verlassen der Polizeistation. Mona beschloss, trotz der späten Stunde noch eine Trainingseinheit einzulegen. Sie wollte die Laufschuhe anziehen und sich so richtig auspowern. Die Kommissarin stellte ihr Fahrrad in den Schuppen und betrat das Gebäude, in dem sie die einzige Dauermieterin war. Die übrigen Wohnungen wurden als Ferienapartments angeboten, aber ihre Vermieterin fand es angenehm, eine Polizistin im Haus zu haben. Sie stieg ins erste Stockwerk hoch und schloss ihre Wohnungstür auf. In diesem Moment wurde ihr bewusst, dass etwas nicht stimmte. Sie war sicher, morgens zweimal umgeschlossen zu haben. Jetzt hingegen ging die Tür schon nach einer Schlüsselumdrehung auf. Die Ermittlerin zögerte unter dem Türsturz einen Moment zu lang. Plötzlich spürte sie den kalten Stahl eines Messers an ihrer Kehle. Im Dunkel ihres Flurs nahm sie eine schemenhafte Gestalt wahr.

»Kommen Sie ruhig herein, Frau Sander.«

»Hoffentlich fühlen Sie sich wohl in meinen vier Wänden, Herr Arnold«, gab sie grimmig zurück.

Kapitel 15

Natürlich wusste Mona nicht, ob es sich bei ihrem Widersacher wirklich um den Mordverdächtigen handelte. Sie nahm es nur an. Aber als sie vollends eintrat und die Tür leise hinter sich schloss, wurde aus der Vermutung Gewissheit. Arnold schaltete das Licht ein. Er und Kati hatten offensichtlich im Dunkeln auf die Rückkehr der Kommissarin gewartet. Wieder einmal musste sie ihm zugestehen, dass er nichts dem Zufall überlassen hatte. *Und wenn ich nun bei Jan übernachtet hätte?,* fragte sie sich. Es kam mehrmals in der Woche vor, dass sie sich abends bei ihrem Freund einquartierte. Aber für Arnold machte dies keinen Unterschied; auch in diesem Fall hätte er für sich und Kati ja einen sicheren Unterschlupf gehabt. Die Kommissarin musterte den Verbrecher. In Wirklichkeit sah er noch besser aus als auf den erkennungsdienstlichen Fotos, wie sie sich eingestehen musste. Sie konnte schon verstehen, warum Frauen sich von ihm um den kleinen Finger wickeln ließen – zumindest theoretisch. Ob sie selbst unter bestimmten Umständen auf Arnold hereingefallen wäre? Diese Frage wollte sie lieber nicht beantwortet haben.

»Wie sind Sie hereingekommen?«, fragte Mona, obwohl sie sich die Antwort denken konnte. Die Schlösser im Haus schreckten Einbrecher nicht wirklich ab. Sie hatte ihrer Vermieterin schon öfter empfohlen, ein modernes Schließsystem anzuschaffen. Es kam ihr hauptsächlich darauf an, Zeit zu gewinnen. Immerhin wusste sie nun, wo sich Kati befand. Ihre Freundin hatte es sich auf dem Sofa im Wohnzimmer bequem gemacht. Sie trug einen Jogginganzug, hatte die Beine übereinandergeschlagen und sich beim Bier aus Monas Kühlschrank bedient.

»Da bist du ja endlich!«, rief Kati fröhlich, als ob die beiden hier miteinander verabredet gewesen wären. »Ich wette, dass du auch ein kühles Helles vertragen kannst!«

»Ja, und du solltest dein Pilsener ebenfalls genießen«, fauchte die Kommissarin. »Der Hagebuttentee, mit dem du im Strafvollzug deinen Durst stillen darfst, soll ja einen ziemlich miesen Ruf haben!«

Während die Ermittlerin mit Kati sprach, wurde sie von Arnold vom Flur ins Wohnzimmer dirigiert. Er ging dabei nachdrücklich, aber nicht brutal vor. Durch leichten Druck mit der Messerspitze gegen ihren Kehlkopf steuerte er sie dorthin, wo er sie haben wollte. Sie musste vor dem Couchtisch stehen bleiben.

»Sie sind eine schlechte Verliererin, Frau Sander«, stellte der Ganove mit einer gewissen Genugtuung in der Stimme fest. »Bevor wir weiter miteinander sprechen, sollten Sie sich allerdings umziehen. Sie wissen ja inzwischen, dass mir diese Prozedur wichtig ist.«

Erst jetzt bemerkte Mona eine Plastiktüte mit dem Aufdruck einer Billig-Textilmarke. Sie konnte sich lebhaft vorstellen, was sich darin befand: Ein Jogginganzug sowie Unterwäsche, natürlich in ihrer Größe.

»Wenn Sie glauben, dass ich vor Ihnen strippe, dann sind Sie schief gewickelt!«, blaffte die Kommissarin. Arnold setzte ein süffisant wirkendes Lächeln auf: »Halten Sie mich für einen Banausen? Ich bin ein Gentleman, das wird Ihre Freundin bestätigen. Natürlich dürfen Sie Ihre Garderobe im Bad wechseln. Kati hilft Ihnen dabei, darauf muss ich bestehen.«

Monas Verstand arbeitete auf Hochtouren. Noch blickte sie nicht durch, was das Verhältnis zwischen Kati und Arnold anbelangte. War sie nun seine Geisel oder seine Handlangerin? Zunächst schien alles für die zweite Variante zu sprechen. Aber Mona hatte in ihrem Beruf gelernt, nicht auf den ersten Eindruck zu vertrauen. Für den Moment verzichtete sie jedenfalls darauf, Arnold anzugreifen. Natürlich war sie mit Techniken des waffenlosen Kampfs vertraut. Aber der Kriminelle hatte bewiesen, dass er beim Töten keine Hemmungen kannte. Und solange nicht sicher war, ob sich nicht auch Kati gegen sie wenden würde, wollte sie nichts riskieren. Bis sie die Situation besser einschätzen konnte, musste sie gute Miene zum bösen Spiel machen.

»Also gut, bringen wir es hinter uns. Das Bier kann ich auch noch später trinken.«

Mit diesen Worten ließ Mona sich von Kati ins Bad begleiten, wo ihre Freundin die Tür von innen verschloss. Der Raum verfügte über kein Fenster. Mona riss den Spiegelschrank auf. Natürlich, sämtliche spitzen Gegenstände waren entfernt worden – von der Nagelfeile bis zur Schere. Arnold überließ eben nichts dem Zufall.

»Suchst du eine Waffe? Das brauchst du gar nicht erst zu versuchen, Mona«, sagte Kati leise. Die Kommissarin spürte ein

Gefühl der Resignation in sich aufsteigen. Sie begann damit, ihre Anziehsachen abzulegen.

»Wie konntest du dich nur auf diesen Blender einlassen?«, gab die Kriminalistin zurück. Sie war wütend, enttäuscht und verwirrt – nicht unbedingt in dieser Reihenfolge. Kati schien jedenfalls von Arnold gut geschult worden zu sein. Jedes Kleidungsstück, das Mona loswurde, untersuchte ihre Freundin akribisch auf versteckte elektronische Wanzen. Und die SIM-Card im Handy der Kriminalistin vernichtete Arnolds Komplizin sofort. Auf Monas Frage ging sie nicht ein. Aber so schnell gab die Ermittlerin nicht auf: »Hattest du von vornherein geplant, Janina in eine Todesfalle zu locken? Wolltest du deshalb unbedingt auf den Leuchtturm steigen?«

»Du bist jetzt bestimmt durstig, nachdem du den ganzen Tag lang auf Verbrecherjagd warst«, gab Kati krampfhaft lächelnd zurück. Sie wollte offenbar an Mona vorbeireden. Was ging nur in Katis Kopf vor? Eine Antwort auf diese Frage konnte die Kommissarin nicht finden. Sie hatte nun nichts mehr an und schlüpfte in die von Kati bereitgelegten Textilien. Monas Vermutung traf zu: Der graue Jogginganzug und die Unterwäsche sowie die Tennisschuhe passten ihr, als ob sie die Sachen selbst ausgesucht hätte. Mona drehte sich vor dem Spiegel, wobei sie sich mit den Fingern durchs Haar fuhr.

»Und, was sagst du? Werde ich deinem neuen Freund so gefallen?«, fragte sie spöttisch.

Kati antwortete nicht, sondern schloss die Badezimmertür wieder auf. Die beiden Frauen kehrten ins Wohnzimmer zurück. Arnold war in der Zwischenzeit nicht untätig geblieben. Er hatte Bier aus einer Glasflasche in einen Plastikbecher gefüllt, der sich nicht als Wurfgeschoss eignete.

»Zum Wohl, Frau Sander.«

Mit diesen Worten überreichte der Kriminelle ihr das Getränk, wobei er das Messer zum Zustoßen bereit in der anderen Hand hielt. Sie hätte ihm den Gerstensaft am liebsten ins Gesicht geschüttet, aber bei diesem Mann war sie auf alles gefasst. Solange keine realistische Chance bestand, ihn zu überwältigen, musste sie den Ball flach halten. Also trank sie einen Schluck Bier und erwiderte: »Wenn Sie sich ergeben und festnehmen lassen, wird sich dies positiv auf das Strafmaß auswirken.«

Der Mordverdächtige lachte lauthals, bevor er sich an Kati wandte: »Du hast gar nicht erwähnt, dass deine Freundin Mona Sander einen so goldenen Humor hat! - Nein, ich werde jetzt ganz gewiss nicht die Flinte ins Korn werfen. Sie können wohl kaum leugnen, dass ich Sie ausgetrickst habe, oder?«

»Ihre Inszenierung mit diesen Clownpuppen hatte einen gewissen Reiz«, gab Mona zurück, wobei sie sich bemühte, unbeeindruckt zu klingen. Sie fügte hinzu: »Allerdings ist mir nicht klar, warum Sie so einen Aufwand betrieben haben. Sie hätten auch einfach Janina Eger töten und dann verschwinden können.«

»Ja, damit haben Sie zweifellos recht. Leider war es nicht damit getan, dass ich diese falsche Schlange für immer zum Schweigen gebracht habe. Zu allem Überfluss gibt es noch ein Notebook, dessen Inhalt von einem gewissen Interesse für mich ist. Und solange sich dieses Gerät nicht in meinem Besitz befindet, werden Sie meine Gesellschaft ertragen müssen.«

Das Notebook befand sich bereits auf dem Weg zum kriminaltechnischen Labor Oldenburg. Aber diese Tatsache würde die Kommissarin dem Verbrecher gewiss nicht auf die Nase binden. Und überhaupt – wer hatte denn dafür gesorgt, dass dieses Objekt Janina Eger entwendet wurde, um daraufhin in Katis Zimmer deponiert zu werden? Es war Monas Freundin selbst gewesen, die diesen Diebstahl eingefädelt hatte. Hatte sie diese Tatsache Arnold bisher verschwiegen? Und wenn das zutraf – welche Schlussfolgerungen konnte man daraus ziehen? Kati warf Mona einen Blick zu, der so viel bedeuten konnte wie: *Bitte verpfeife mich nicht!* Die Kommissarin war irritiert: Gab es also doch nicht so ein starkes Band zwischen Kati und Arnold wie sie zunächst angenommen hatte? Betrieb ihre Freundin vielleicht sogar ein doppeltes Spiel, um den Verbrecher letztlich doch kaltzustellen? Mona beschloss, sich zunächst einmal dumm zu stellen: »Ich weiß nicht, wovon Sie reden.«

Arnold präsentierte ein Lächeln, das Außenstehende für charmant hätten halten können. Menschen, die nicht wussten, dass sich hinter dieser smarten Fassade ein gefühlloser Mörder verbarg.

»Nein? Das finde ich zutiefst bedauerlich, Frau Sander. Ihre Freundin Kati hält große Stücke auf Sie, ist Ihnen das eigentlich bewusst? Wollen Sie diesen positiven Eindruck wirklich zerstören? Das würde mich sehr enttäuschen. Wenn Sie mich weiterhin verschaukeln, wird Kati darunter leiden müssen. Ich überlasse es Ihrer Fantasie, was dieses Versprechen zu bedeuten hat. Sie konnten ja bereits eine Kostprobe meiner Fähigkeiten kennenlernen, als sie auf dem Turm waren und Janina Eger gefunden haben. Es gibt viele Dinge, die man mit einem langen spitzen Gegenstand anfangen kann. Das sind der Fantasie keine Grenzen gesetzt.«

Arnold liebte es offenbar, sich selbst reden zu hören. Und er würde keine Hemmungen haben, Monas Freundin zu töten oder zumindest schlimm zu verletzen – obwohl sie als seine willige Helferin gehandelt hatte. Der Kommissarin trat der kalte Schweiß auf die Stirn. Das Notebook befand sich ja bereits auf dem Weg nach Oldenburg. Aber das konnte sie dem Täter, der den Mord an Janina Eger soeben gestanden hatte, nicht aufs Butterbrot schmieren. Es bestand die Gefahr, dass er diese Information für eine Ausrede hielt und sich an Kati vergriff, um Mona einzuschüchtern.

»Wir haben tatsächlich zwei Notebooks bei Janina Eger sichergestellt, sie befinden sich auf der Wache, in der Asservatenkammer«, sagte Mona. Sie versuchte, möglichst überzeugend zu klingen. Arnold schaute sie an wie ein Lehrer, der sich über seine Musterschülerin freut: »Ausgezeichnet, Frau Sander. Dann schlage ich vor, dass Sie sich jetzt sofort zur Polizeistation begeben und die Geräte holen. Als Kommissarin haben Sie gewiss jederzeit Zugriff. Ihre Freundin behalte ich als eine Art Faustpfand hier.«

»Das kannst du vergessen!«

Dieser Satz kam nicht von Mona, sondern von Kati. Sie unterstrich ihn, indem sie plötzlich eine Haarspraydose hob und etwas von dem Inhalt in Arnolds Augen sprühte. Die Kommissarin hatte nicht bemerkt, dass ihre Freundin das Spray im Bad an sich genommen hatte. Und dem Mörder war dies offenbar ebenfalls entgangen – wahrscheinlich, weil es sich um eine kleine Dose handelte, die in die Tasche der Jogginghose passte. Und außerdem glaubte er in seiner Selbstüberschätzung offenbar, Kati fest im Griff zu haben – was sich jetzt als Irrtum erwies. Arnold schrie vor Schmerzen und griff sich mit der freien Hand ins Gesicht. Mona hatte schon einmal Pfefferspray in die Augen bekommen, was man mit Katis unerwarteter Attacke vergleichen konnte. Daher wusste sie, dass ihrem Widersacher wahrscheinlich für einige Momente die Sicht genommen war. Hinzu kam der Schmerz, verursacht durch die Augenreizung. Diese Chance durfte die Kommissarin nicht ungenutzt verstreichen lassen. Arnold schien zu ahnen, was sie vorhatte. Er fuchtelte mit seiner Messerhand, führte einige ungezielte Stöße aus – die sämtlich ihr Ziel verfehlten. Mona schnellte an ihm vorbei, packte den kleinen Finger des Mannes und bog ihn nach außen. Der Verbrecher schrie noch lauter. Er konnte das Messer nicht mehr halten, es fiel zu Boden. Die Ermittlerin schob es mit dem Fuß zur Seite, dann trat sie Arnold in die Kniekehlen – ohne dabei seine Hand loszulassen. Es gab einen Knall, als er bäuchlings auf dem Boden landete. Während Mona ihm ihr Knie ins Kreuz drückte und den Arm auf den Rücken drehte, hörte sie ein vertrautes Geräusch. Ein Schlüssel wurde in der Wohnungstür umgedreht. Es gab nur eine Person, die einen Reserveschlüssel von Mona hatte – Enno. Er war es auch, der nun mit der Pistole in der Hand hereingestürmt kam – gefolgt von den beiden uniformierten Polizisten Grietje Smit und Hinderk Eckhoff. Sie hatten ebenfalls ihre Dienstwaffen gezogen. Das Adrenalin rauschte durch Monas Körper. Ihr wurde bewusst, dass sie Arnold außer Gefecht gesetzt hatte – was ohne Katis Überraschungsangriff aber nicht möglich gewesen wäre. Sie lächelte und streckte ihrem Kollegen ihren linken Arm entgegen: »Darf ich dich um deine Handschellen bitten, Enno? Solche Utensilien habe ich nämlich nicht daheim, weder im Schlafzimmer noch sonst wo.«

Der Oberkommissar gab ihr die Stahlfesseln, die sie um Arnolds Gelenke schloss. Danach war es ihr ein ganz besonderes Vergnügen, den Mörder über seine Rechte zu belehren.

Kapitel 16

Am nächsten Morgen konnte Mona endlich ihre Neugier stillen. Bei der nächtlichen Verhaftung war sie viel zu überdreht gewesen, um in Ruhe mit dem Oberkommissar sprechen zu können. Es überwog zunächst die Erleichterung darüber, dass der Mörder jetzt keinen Schaden mehr anrichten konnte. Arnold machte jedenfalls von seinem Recht auf Aussageverweigerung Gebrauch und wollte zunächst mit einem Strafverteidiger Kontakt aufnehmen. Er musste die restliche Nacht in einer Arrestzelle verbringen – genau wie Kati, die zwar Mona im entscheidenden Moment geholfen hatte, deren Rolle bei den vorherigen Straftaten aber noch geklärt werden musste. Auch sie fand sich deshalb hinter Gittern wieder, was zu einer umfassenden wahrheitsgemäßen Aussage führen würde. Zumindest war dies Monas Hoffnung. Die Kommissarin konnte nur wenige Stunden schlafen, startete aber trotzdem energiegeladen in den neuen Tag. Sie hatte bei Jan Lummer übernachtet, denn ihre eigene Wohnung war ja momentan ein Tatort und musste untersucht werden. Die Euphorie nach der gelungenen Festnahme wirkte bei Mona immer noch nach. Als sie ihr Büro auf der Polizeiwache betrat, hatte Enno bereits Tee gekocht. Vor allem wollte sie natürlich wissen, aus welchem Grund ihre Kollegen genau zur passenden Zeit als Verstärkung angerückt waren. Wenigstens hatte Mona diesmal aktiv zu ihrer eigenen Befreiung beigetragen; erst vor einigen Monaten war sie von einer Verbrecherin als Geisel genommen worden. Und da sie Hilflosigkeit besonders stark verabscheute, war der Kommissarin ihre eigene aktive Rolle besonders wichtig.

»Woher wusstest du, dass Kati und Arnold mir in meiner Wohnung auflauern würden?«, fragte sie direkt, ohne ihrem Kollegen auch nur einen guten Morgen zu wünschen. Doch der Ostfriese nahm es ihr nicht krumm, er kannte ihre impulsive Art zur Genüge. Enno stellte eine Tasse auf Monas Schreibtisch und antwortete: »Ich *wusste* es nicht, sondern habe es nur vermutet. Nach unserem erfolglosen Helikopter-Rundflug kamen mir nicht mehr viele Einfälle in den Sinn, wo sich das Duo hätte verstecken können. Natürlich gibt es immer die Möglichkeit, ein leerstehendes Ferienhaus aufzubrechen und sich dort zu verkriechen. Wir haben ja schon etliche Ganoven verhaftet, die sich genau dafür entschieden haben. Aber gerade weil wir diese Variante so oft erlebt haben, wäre sie für einen selbstverliebten Gockel wie Arnold nicht infrage gekommen. Er musste sich etwas ganz Besonderes ausdenken, um sich seine eigene Überlegenheit zu beweisen. Hinzu kam seine Verbindung zu Kati. Er konnte sie ausgiebig über dich aushorchen, von ihr zahlreiche Details über dein Leben erfahren. Und welches Versteck für einen flüchtigen Kriminellen wäre wohl ausgefallener als die Privatwohnung ausgerechnet der Kriminalistin, die ihn jagt?«

Während der Oberkommissar dies erläuterte, goss er Tee in Monas Tasse. Sie nickte ihm lächelnd zu: »Ja, das leuchtet mir ein, Enno. Aber warum hast du mir diesen Gedankengang nicht früher mitgeteilt?«

»Weil ich dich nicht unnötig beunruhigen wollte. Es ging dir gestern nicht gut, vor dieser Tatsache konnte ich unmöglich die Augen verschließen. Falls ich mich geirrt hätte, wärst du unnötigerweise noch nervöser geworden. - Also habe ich Oltbeck eingeweiht. Er konnte meine Überlegungen gut nachvollziehen ...«

Mona unterbrach ihren Kollegen lachend: »Und das, obwohl du keine Belege für deine Annahmen präsentieren konntest? Sollte der Chef auf seine alten Tage doch noch empfänglich für Fantasie geworden sein?«

»Oltbeck ist nicht so stark im Schubladendenken gefangen, wie du offenbar glaubst«, meinte Enno schmunzelnd, »jedenfalls gab er uns die Anweisung, deine Wohnung sicherheitshalber zu observieren. Und es war *seine* Idee, dafür ein Richtmikrofon zu benutzen.«

Und wenn ich nun gar nicht in Gefahr gewesen wäre?, dachte Mona. Wenn sich nicht Arnold, sondern ihr Freund Jan Lummer bei ihr befunden hätte, wären ihre Kollegen zu Ohrenzeugen ihrer privatesten Momente geworden. Doch dies war ja zum Glück nicht geschehen. Der erfahrene Kriminalist fuhr fort: »Es wurde schnell deutlich, dass Arnold dich bedrohte. Wir konnten nicht einfach die Wohnung stürmen, ohne dich und Kati zu gefährden. Also mussten wir den passenden Moment für den Zugriff abwarten. Ich hatte deine Vermieterin rechtzeitig kontaktiert, damit Frau Klasing nicht versehentlich im falschen Moment bei dir auftaucht. Als wir dann Arnolds Schmerzensschrei hörten, war das für uns ein Startsignal. - Übrigens hat das Haarspray an den Augen unseres Verdächtigen keine bleibenden Schäden hinterlassen, der Arzt hat ihn während der Nacht noch untersucht. Die Rötung sollte sich im Lauf des heutigen Tages zurückbilden, das hat Dr. Siemers mir versichert.«

»Wenn das so ist, dann muss ich ja Arnolds Schicksal nicht beweinen«, meinte Mona mit einem schiefen Lächeln. Sie fügte hinzu: »Dann habt ihr auch mitgehört, als dieser Schurke mir gegenüber den Mord an Janina Eger gestanden hat? Ich freue mich schon darauf, ihn zu verhören. Aber zunächst sollten wir uns Kati zur Brust nehmen.«

»Du möchtest mich dabei haben?«

»Selbstverständlich, Enno! Das wird kein vertrautes Gespräch ,von Frau zu Frau', daran habe ich nun wirklich kein Interesse mehr. Obwohl Kati nicht zugestochen hat, spielt sie doch eine entscheidende Rolle bei dieser Mordermittlung – allein schon, weil ich nur wegen ihr zur Zeit der Tat auf dem Leuchtturm-Plateau war!«

Bevor der Oberkommissar etwas erwidern konnte, klopfte es an der Tür. Gleich darauf betrat Oltbeck den Raum. Es kam selten vor, dass der Chef sich zu seinen Untergebenen bemühte. Offenbar hatte er bereits von der erfolgreichen Verhaftung des Mörders erfahren.

»Ich freue mich, dass Sie die Ereignisse der vergangenen Nacht unverletzt überstanden haben, Frau Sander«, sagte er. »Die Kriminaltechniker werden heute die Arbeiten in Ihrer Wohnung abschließen. Außerdem habe ich veranlasst, dass Arnolds Zimmer in der *Pension Grone* sowie die Umgebung gründlich durchsucht werden. - Falls Sie ein paar Tage freinehmen wollen ...«

Mona reagierte so schockiert, als ob der Chef ihr zu nahe getreten wäre: »Nein, niemals! - Ich meine, jeder hat gern mal Urlaub. Aber ich möchte den Fall jetzt selbst abschließen, immerhin bin ich sehr stark persönlich betroffen!«

»Das hatte ich schon vermutet. Ich erwarte dann Ihren Bericht.«

Mit diesen Worten ging der Dienststellenleiter wieder hinaus.

»Immerhin hat er mich nicht angepflaumt, weil ich mich von Arnold und Kati habe überrumpeln lassen«, sagte sie zu Enno.

»Oltbeck ist einfach nur froh, dass dir nichts passiert ist«, erwiderte er.

»Ja – abgesehen davon, dass ich in einen hässlichen Billig-Jogginganzug gezwungen wurde«, meinte Mona lachend, wurde aber gleich wieder ernst: »Könntest du bitte meine liebe Freundin aus der Arrestzelle holen? Ich gehe schon mal in den Verhörraum vor.«

Der Oberkommissar tat, worum sie ihn gebeten hatte. Mona schnappte sich ihr Notizbuch und nahm am Tisch in dem Befragungszimmer Platz. Als wenig später Enno mit Kati hereinkam, sagte sie: »Ich wollte eigentlich auch eine Clownpuppe besorgen, aber die Borkumer Spielwarengeschäfte führen eher Seehunde aus Plüsch – und diese putzigen Tiere haben nun wirklich überhaupt nichts mit unserem Fall zu tun.«

Kati konnte ihr nicht in die Augen sehen.

»Du musst ziemlich sauer auf mich sein, Mona.«

»Um meine Gefühle geht es hier nicht«, betonte die Kommissarin. Ihr war bewusst, dass sie ihre Freundin – oder Ex-Freundin? - streng rational verhören musste. Andernfalls wären die Aussagen für die Staatsanwaltschaft wertlos gewesen, und ein Strafprozess würde vielleicht gar nicht erst zustande kommen. Und das durfte nicht geschehen. Also belehrte sie Kati über ihre Rechte. Sie stellte klar: »Du stehst unter dem dringenden Verdacht der Beihilfe zum Mord. Du musst dich nicht selbst belasten und kannst anwaltliche Hilfe in Anspruch nehmen.«

»Ich verzichte auf einen Strafverteidiger, Mona. Es ist alles schrecklich schiefgegangen, ich möchte nun endlich reinen Tisch machen.«

Die Befragung wurde als Audiodatei mitgeschnitten. Enno fragte: »Woher kannten Sie Janina Eger und Markus Arnold?«

»Ich arbeite ja in London, und dort gibt es einen lockeren Zusammenschluss von Deutschen und Österreichern, die in der britischen Hauptstadt einen Job haben und sich in ihrer Muttersprache austauschen wollen.« Sie hielt kurz inne und fügte dann hinzu: »Markus hat mich vom ersten Moment an beeindruckt. Ich war solo, als ich ihn kennenlernte. Allerdings war er mit Janina liiert. Deshalb glaubte ich nicht, dass ich Chancen bei ihm hätte.«

»Wir haben immer über alle möglichen Dinge gesprochen«, erinnerte Mona, »aber diesen Mann in deinem Leben hast du mir verschwiegen. Warum?«

»Anfangs habe ich mich einfach nur geschämt«, murmelte Kati. »Markus war ja schon mit Janina zusammen, als ich meine Gefühle für ihn entdeckte. Er muss wohl eine Leere in meinem Leben gefüllt haben, anders kann ich mir das nicht erklären. Zwischen Janina und mir bestand ebenfalls eine starke Freundschaft, was die Sache nicht leichter machte.«

»Es mag unmoralisch sein, sich in eine Beziehung zu drängen – aber illegal ist es nicht«, stellte der Oberkommissar fest.

»Ich war hin- und hergerissen zwischen Janina und Markus«, jammerte Kati, »und es wurde schlimmer, als meine Freundin sich mir anvertraute. Sie ist für denselben Betrieb tätig, in dem auch Markus arbeitet. *Sims Med* ist ein Pharma-Unternehmen. Janina hat irgendwie herausgefunden, wie ihr Freund seine Position für dunkle Geschäfte missbraucht hat.«

»Das musst du uns genauer erklären«, forderte Mona.

»Als Polizisten werdet ihr wissen, was man unter Fentanyl versteht. Dieses Schmerzmittel ist ein künstliches Opioid, das extrem süchtig macht. Und Markus musste einen Weg gefunden haben, trotz strenger Kontrolle regelmäßig größere Chargen dieser Substanz abzuzweigen und durch Mittelsmänner auf den Schwarzmarkt zu bringen. Ihr könnt euch denken, dass er damit enorme Gewinne eingestrichen hat.«

»Und das hat er dir so freimütig erzählt?«, fragte die Kommissarin skeptisch.

»Zunächst nicht, Mona. Janina weihte mich unter dem Siegel der Verschwiegenheit ein. Sie war hin- und hergerissen, denn einerseits liebte sie Markus abgöttisch. Und ehrlich gesagt wusste sie auch den Luxus zu schätzen, den er ihr bieten konnte. Andererseits hatte sie einen Cousin, der elend an Drogen zugrunde gegangen ist.«

»Also ist sie nicht zur Polizei gegangen, weil ihre Gefühle für Markus Arnold so stark waren?«, vergewisserte Enno sich und ergänzte: »War das wirklich der Grund?«

Die Verdächtige antwortete nicht sofort. Nach einer Weile murmelte sie: »Ehrlich gesagt – nein. Durch ihre Arbeit bei *Sims Med* kam Janina an Informationen heran, mit denen sie Markus hätte belasten können – gefälschte Lieferlisten, manipulierte Unbedenklichkeitszertifikate und Ähnliches. Sie begann damit, Markus zu erpressen. Janina hatte nämlich herausgefunden, dass ihr Freund sie betrog. Allerdings wusste sie noch nicht, dass *ich* ihre Rivalin war. Und ich brachte es nicht übers Herz, ihr die Wahrheit ins Gesicht zu sagen.«

»Warum war Janina Eger auf Borkum?«, wollte Mona wissen.

»Die Idee kam von mir«, antwortete Kati. »Ich hatte schon in London versucht, Janina zu einer Aussage bei der Polizei zu überreden. Das wies sie jedoch weit von sich. Und ich selbst hätte nichts tun können – die Beweise besaß ja Janina. Und Markus ist verdammt gerissen, das werdet ihr ja auch schon festgestellt haben.

Also machte ich ihr einen Besuch auf einer Nordseeinsel schmackhaft, wo ich eine Freundin besuchen wollte – nämlich dich, Mona. Allerdings verschwieg ich ihr, dass du Kommissarin bist.«

»Was hatte es mit diesem Leuchtturmbesuch auf sich?«, wollte die Ermittlerin wissen, obwohl sie die Antwort schon ahnte. Aber sie durfte Kati die Worte nicht in den Mund legen.

»Ich verabredete mich mit Janina zu der Zeit auf dem Turm, als wir auch dort eintrafen. Ich wollte es so aussehen lassen, als ob das Treffen zufällig zustande gekommen wäre. Ich hoffte, dass Janina sich dir öffnen würde, sobald sie mitbekäme, dass du bei der Polizei arbeitest und schon einige Mordfälle erfolgreich gelöst hast.«

»Wusstest du, dass auch Arnold auf der Insel war?«

Kati beantwortete die Frage mit einem Kopfschütteln: »Nein, und das werfe ich mir immer noch vor. Mir hätte bewusst sein müssen, dass ein Mann wie Markus sich nicht das Geld aus der Nase ziehen lässt, ohne etwas gegen die Erpresserin zu unternehmen. Er muss seine Racheaktion sorgfältig vorbereitet haben. Natürlich war es dafür notwendig, dass er persönlich auf Borkum erschien.«

»Wie kam Ihr Kontakt mit Rabea Otte zustande?«

Die Verdächtige wirkte im ersten Moment überrascht, als Enno diesen Satz sagte. Hatte sie gehofft, dass die Taschendiebin sie nicht verraten würde? Ihre Antwort lautete: »Ich habe einen ziemlich großen Bekanntenkreis. Darunter sind auch Leute, die mit dem Gesetz auf Kriegsfuß stehen. Ich wollte mich nicht darauf verlassen, dass Janina Markus Mona gegenüber verrät.«

»Wie naiv bist du eigentlich?«, stieß die Kommissarin hervor. »Wenn Janina mir einen Tipp gegeben hätte, wäre gewiss auch ihre Erpressung ans Tageslicht gekommen. Glaubst du wirklich, dass sie so gehandelt hätte?«

»Ich weiß es nicht, Mona. Jetzt fühlt es sich so an, als ob ich meine Freundin auf dem Gewissen hätte – weil ich nämlich diese Lawine losgetreten habe.«

Darauf erwiderten weder die Kommissarin noch ihr Kollege etwas. Nach kurzem Zögern fuhr Kati fort: »Die Taschendiebin sollte das Notebook mit den Beweisen klauen und außerdem Janina eine Art Ortungs-Chip unterschieben, falls Markus sie entführen würde. - Ich wusste weder, dass er auf Borkum ist noch dass er seine Freundin umbringen wollte, das musst du mir glauben.«

»Ach, muss ich das tun?!«, fragte die Kriminalistin zurück und fuhr fort: »Es war ja ziemlich aufwändig, Janina diesen Peilsender unterzuschieben. Warum hast du dir diese Mühe gemacht, wenn du keine Gefahr für das spätere Mordopfer erkennen konntest?«

Katis Reaktion blieb aus, sie hüllte sich nun in Schweigen. Für die Kommissarin stand fest, dass die vorherigen Sätze ihrer Freundin nur eine Schutzbehauptung darstellten, um ihre eigene Mitverantwortung herunterzuspielen.

»Fest steht, dass Arnold von dem geplanten Treffen auf dem Turmplateau wusste«, betonte Mona. »So konnte er sich ein passendes Mordwerkzeug besorgen, das sich durch den Maschendraht schieben ließ.«

Die Verdächtige presste die Lippen aufeinander und murmelte: »Janina und ich hatten uns über einen Messengerdienst auf dem Plateau verabredet. Markus muss eine Möglichkeit gefunden haben, ihre Nachrichten mitzulesen. Anders kann ich mir das nicht erklären. - Als Janina da in ihrem Blut lag, stand ich unter Schock. Ich konnte nicht mehr klar denken.«

»Hast du Arnold vor oder nach dem Mord gesehen?«

»Nein, Mona. Das musst du mir glauben. - Ich habe ihn erst wieder getroffen, als du und ich in *Ria's Beach* waren und ich zur Toilette gegangen bin. Plötzlich stand er vor mir, wie aus dem Boden gewachsen. Ich wurde von meinen Gefühlen überwältigt. In dem Moment, als ich in seine Augen schaute, wusste ich, dass er den Mord begangen hatte. Geahnt hatte ich es schon, als ich ihm auf der Plattform begegnet bin. Trotzdem traute ich mich nicht, einfach davonzulaufen. Und ich habe die Augen vor der Realität verschlossen. Außerdem empfand ich immer noch etwas für ihn … vielleicht tue ich das nach wie vor.«

»Und wozu diese Inszenierung mit den Clownpuppen und den Postkarten?«, fragte Enno.

»Markus hatte inzwischen herausgefunden, dass Mona eine Kriminalkommissarin ist, Herr Moll.«

Um dies zu erfahren, muss man kein Meisterdetektiv sein, dachte die Ermittlerin. Nach einigen erfolgreichen Verhaftungen waren in der Vergangenheit mehrere Presseartikel über die temperamentvolle Polizistin und ihren Dienstpartner erschienen, wobei auch ihre Namen genannt wurden. Kati fuhr fort: »Ich fühle mich schrecklich, weil ich Markus zunächst geholfen habe. Die Karten beschriften und meine Lippen darauf drücken, in den Jogginganzug schlüpfen – das habe ich alles getan, um nicht selbst umgebracht zu werden. Ich hatte erst so große Angst vor Markus, und es waren auch noch Gefühle für ihn da. Erst als ich das Haarspray einsetzte, konnte ich mich gegen ihn wenden.«

Mona schaute Kati forschend an. Ihre Freundin hatte einem Mörder geholfen, aber sie behauptete, dass dies unter Zwang geschehen war. Dass sie zugunsten der Kommissarin über ihren Schatten gesprungen war, ließ sich nicht leugnen. Letztlich musste ein Gericht entscheiden, wie ihr Verhalten zu bewerten war. Plötzlich wurde die Tür des Verhörraums aufgerissen, und Grietje platzte herein.

»Diesen Gegenstand haben wir in einer Mülltonne hinter der *Pension Grone* gefunden!«, trompetete sie. In dem Beweismittelbeutel befand sich eine offenbar blutverschmierte Ahle – dünn genug, um durch den Maschendraht auf dem Plateau zu passen.

»Selbst ein Perfektionist wie Arnold leistet sich mal einen groben Schnitzer«, stellte Enno zufrieden fest.

ENDE

Ostfrieslandkrimi-Empfehlungen des Klarant Verlages

»Friesenbraut«, Band 1
Taschenbuch-ISBN: 978-3-95573-557-9
eBook-ISBN: 978-3-95573-556-2

»Friesenkreuz«, Band 2
Taschenbuch-ISBN: 978-3-95573-552-4
eBook-ISBN: 978-3-95573-600-2

»Friesenlauf«, Band 3
Taschenbuch-ISBN: 978-3-95573-553-1
eBook-ISBN: 978-3-95573-618-7

»Friesenflirt«, Band 4
Taschenbuch-ISBN: 978-3-95573-542-5
eBook-ISBN: 978-3-95573-541-8

»Friesenwahn«, Band 5
Taschenbuch-ISBN: 978-3-95573-622-4
eBook-ISBN: 978-3-95573-623-1

»Friesenstalker«, Band 6
Taschenbuch-ISBN: 978-3-95573-688-0
eBook-ISBN: 978-3-95573-701-6

»Friesenjuwel«, Band 7
Taschenbuch-ISBN: 978-3-95573-764-1
eBook-ISBN: 978-3-95573-765-8

»Friesenwrack«, Band 8
Taschenbuch-ISBN: 978-3-95573-796-2
eBook-ISBN: 978-3-95573-797-9

»Friesenbarbier«, Band 9
Taschenbuch-ISBN: 978-3-95573-833-4
eBook-ISBN: 978-3-95573-832-7

»Friesenstrand«, Band 10
Taschenbuch-ISBN: 978-3-95573-875-4
eBook-ISBN: 978-3-95573-876-1

»Friesenlist«, Band 11
Taschenbuch-ISBN: 978-3-95573-934-8
eBook-ISBN: 978-3-95573-935-5

»Friesenblues«, Band 12
Taschenbuch-ISBN: 978-3-95573-954-6
eBook-ISBN: 978-3-95573-955-3

»Friesenanker«, Band 13
Taschenbuch-ISBN: 978-3-96586-009-4
eBook-ISBN: 978-3-96586-010-0

»Friesenkoch«, Band 14
Taschenbuch-ISBN: 978-3-96586-105-3
eBook-ISBN: 978-3-96586-106-0

»Friesenwürger«, Band 15
Taschenbuch-ISBN: 978-3-96586-146-6
eBook-ISBN: 978-3-96586-145-9

»Friesentango«, Band 16
Taschenbuch-ISBN: 978-3-96586-164-0
eBook-ISBN: 978-3-96586-172-5

»Friesenbrauer«, Band 17
Taschenbuch-ISBN: 978-3-96586-201-2
eBook-ISBN: 978-3-96586-202-9

»Friesendiebin«, Band 18
Taschenbuch-ISBN: 978-3-96586-276-0
eBook-ISBN: 978-3-96586-277-7

»Friesenpoker«, Band 19
Taschenbuch-ISBN: 978-3-96586-321-7
eBook-ISBN: 978-3-96586-322-4

»Friesenleiche«, Band 20
Taschenbuch-ISBN: 978-3-96586-355-2
eBook-ISBN: 978-3-96586-356-9

»Friesentrick«, Band 21
Taschenbuch-ISBN: 978-3-96586-408-5
eBook-ISBN: 978-3-96586-409-2

»Friesenschatz«, Band 22
Taschenbuch-ISBN: 978-3-96586-450-4
eBook-ISBN: 978-3-96586-451-1

»Friesenmagier«, Band 23
Taschenbuch-ISBN: 978-3-96586-485-6
eBook-ISBN: 978-3-96586-486-3

»Friesenruine«, Band 24
Taschenbuch-ISBN: 978-3-96586-513-6
eBook-ISBN: 978-3-96586-514-3

»Friesenraub«, Band 25
Taschenbuch-ISBN: 978-3-96586-549-5
eBook-ISBN: 978-3-96586-550-1

»Friesenrichter«, Band 26
Taschenbuch-ISBN: 978-3-96586-560-0
eBook-ISBN: 978-3-96586-561-7

»Friesenhummer«, Band 27
Taschenbuch-ISBN: 978-3-96586-614-0
eBook-ISBN: 978-3-96586-615-7

»Friesenkugel«, Band 28
Taschenbuch-ISBN: 978-3-96586-627-0
eBook-ISBN: 978-3-96586-628-7

»Friesendolch«, Band 29
Taschenbuch-ISBN: 978-3-96586-649-2
eBook-ISBN: 978-3-96586-650-8

»Friesengeiz«, Band 30
Taschenbuch-ISBN: 978-3-96586-667-6
eBook-ISBN: 978-3-96586-668-3

»Friesendiva«, Band 31
Taschenbuch-ISBN: 978-3-96586-689-8
eBook-ISBN: 978-3-96586-690-4

»Friesenteich«, Band 32
Taschenbuch-ISBN: 978-3-96586-700-0
eBook-ISBN: 978-3-96586-701-7

»Friesensilber«, Band 33
Taschenbuch-ISBN: 978-3-96586-707-9
eBook-ISBN: 978-3-96586-708-6

»Friesenfisch«, Band 34
Taschenbuch-ISBN: 978-3-96586-742-0
eBook-ISBN: 978-3-96586-743-7

»Friesenduell«, Band 35
Taschenbuch-ISBN: 978-3-96586-764-2
eBook-ISBN: 978-3-96586-765-9

»Friesenwürfel«, Band 36
Taschenbuch-ISBN: 978-3-96586-795-6
eBook-ISBN: 978-3-96586-796-3

»Friesenradio«, Band 37
Taschenbuch-ISBN: 978-3-96586-831-1
eBook-ISBN: 978-3-96586-832-8

»Friesenartist«, Band 38
Taschenbuch-ISBN: 978-3-96586-847-2
eBook-ISBN: 978-3-96586-848-9

»Friesenpolizistin«, Band 39
Taschenbuch-ISBN: 978-3-96586-853-3
eBook-ISBN: 978-3-96586-854-0

»Friesenspur«, Band 40
Taschenbuch-ISBN: 978-3-96586-879-3
eBook-ISBN: 978-3-96586-880-9

»Friesenboot«, Band 41
Taschenbuch-ISBN: 978-3-96586-871-7
eBook-ISBN: 978-3-96586-872-4

Friesenerpresser«, Band 42
Taschenbuch-ISBN: 978-3-96586-906-6
eBook-ISBN: 978-3-96586-907-3

Friesenmuschel«, Band 43
Taschenbuch-ISBN: 978-3-96586-968-4
eBook-ISBN: 978-3-96586-969-1

Friesenturm«, Band 44
Taschenbuch-ISBN: 978-3-68975-006-0
eBook-ISBN: 978-3-68975-007-7

Klarant Verlag

Lernen Sie die Ostfrieslandkrimi-Titel des Klarant Verlages kennen und besuchen Sie uns im Internet unter:

www.ostfrieslandkrimi.de und www.klarant.de
Sie können dort Näheres über unsere Autorinnen und Autoren erfahren, viele weitere interessante Bücher und eBooks finden und Leseproben herunterladen. Mit dem kostenlosen Newsletter auf
www.ostfrieslandkrimi-lesen.de
erhalten Sie aktuelle Informationen rund um das Verlagsprogramm, wie beispielsweise spannende Neuerscheinungen und Gewinnspiele.